Αντίθετες πλευρές

Αντίθετες πλευρές

Aldivan Torres

aldivan teixeira torres

CONTENTS

1 | Αντίθετες πλευρές 1

1

Αντίθετες πλευρές

Αντίθετες πλευρές
Aldivan Torres

Δημοσιεύτηκε από : Aldivan Torres
©2019-Aldivan Torres
Διόρθωση: Aldivan Torres
Με την επιφύλαξη παντός δικαιώματος
Αντίπαλες Δυνάμεις: Μέρος Πρώτο

Αυτό το βιβλίο, συμπεριλαμβανομένων όλων των μερών του, προστατεύεται από πνευματικά δικαιώματα και δεν μπορεί να αναπαραχθεί χωρίς την άδεια του συγγραφέα, να μεταπωληθεί ή να μεταφερθεί.

Σύντομη βιογραφία: Ο Άλντιβαν Τόρες, γεννημένος στη Βραζιλία, είναι ένας ενοποιημένος συγγραφέας σε διάφορα είδη. Μέχρι στιγμής, έχουν εκδοθεί τίτλοι σε δεκάδες γλώσσες. Από μικρή ηλικία, ήταν πάντα λάτρης της τέχνης της γραφής, έχοντας εδραιώσει μια επαγγελματική καριέρα από το δεύτερο εξάμηνο του 2013. Ελπίζει με τα γραπτά του να συμβάλει στον διεθνή πολιτισμό, αφυπνίζοντας την ευχαρίστηση της ανάγνωσης σε όσους δεν έχουν τη συνήθεια. Η αποστολή σας είναι να κατακτήσετε την καρδιά κάθε αναγνώστη σας. Εκτός από τη λογοτεχνία, οι κύριες εκτροπές του είναι η μουσική, τα ταξίδια, οι φίλοι, η οικογένεια και η ευχαρίστηση της ίδιας της ζωής. «Για τη λογοτεχνία, την ισότητα, την αδελφοσύνη, τη δικαιοσύνη, την αξιοπρέπεια και την τιμή του ανθρώπου πάντα» είναι το σύνθημά του.

<u>Περίληψη</u>

Αντίθετες πλευρές
Αντίθετες πλευρές
Μια νέα εποχή
Παρασκευάσματα
Το Ιερό Βουνό
Η Καλύβα
Η πρώτη πρόκληση
Η δεύτερη πρόκληση
Το Φάντασμα του Βουνού
Αποφασιστική μέρα
Το νεαρό κορίτσι
Ο τρόμος
Μια μέρα πριν από την τελευταία πρόκληση
Η τρίτη πρόκληση
Το Σπήλαιο της Απελπισίας
Το θαύμα
Βγαίνοντας από το Σπήλαιο
Η επανένωση με τον Φύλακα
Αποχαιρετώντας το βουνό
Ένα ταξίδι πίσω στο χρόνο
Πού βρίσκομαι;
Πρώτες εντυπώσεις
Το Ξενοδοχείο
Το Δείπνο
Μια βόλτα στο χωριό
Το Μαύρο Κάστρο
Τα ερείπια του παρεκκλησίου
Το Τάγμα
Συνάντηση Κατοίκων
Αποφασιστική συνομιλία

Μια νέα εποχή

Μετά από μια αποτυχημένη προσπάθεια έκδοσης ενός βιβλίου, νιώθω τη δύναμή μου να αποκαθίσταται και να ενισχύεται. Μετά από όλα, πιστεύω στο ταλέντο μου και έχω πίστη ότι πρόκειται να εκπληρώσω τα όνειρά μου. Έμαθα ότι όλα συμβαίνουν στην εποχή τους και πιστεύω ότι είμαι αρκετά ώριμος για να πραγματοποιήσω τους στόχους μου. Να θυμάστε πάντα: όταν θέλουμε πραγματικά έναν στόχο, ο κόσμος συνωμοτεί για να συμβεί. Έτσι αισθάνομαι: ανανεωμένος με δύναμη. Κοιτάζοντας πίσω, σκέφτομαι τα έργα που διάβασα τόσο καιρό πριν, τα οποία σίγουρα εμπλούτισαν τον πολιτισμό και τις γνώσεις μου. Τα βιβλία μας φέρνουν μέσα από ατμόσφαιρες και σύμπαντα άγνωστα σε εμάς. Αισθάνομαι ότι πρέπει να είμαι μέρος αυτής της ιστορίας, της μεγάλης ιστορίας που είναι η λογοτεχνία. Δεν έχει σημασία αν θα παραμείνω ανώνυμος ή αν θα γίνω ένας μεγάλος συγγραφέας που αναγνωρίζεται παγκοσμίως. Αυτό που είναι σημαντικό είναι η συμβολή που δίνει ο καθένας σε αυτό το μεγάλο σύμπαν.

Είμαι χαρούμενος για αυτή τη νέα στάση και προετοιμάζομαι να κάνω ένα μεγάλο ταξίδι. Αυτό το ταξίδι θα αλλάξει τη μοίρα μου και τις τύχες εκείνων που μπορούν να διαβάσουν υπομονετικά αυτό το βιβλίο. Ας πάμε μαζί σε αυτή την περιπέτεια.

Παρασκευάσματα

Πακετάρω τη βαλίτσα μου με τα προσωπικά μου αντικείμενα υψίστης σημασίας: Μερικά ρούχα, μερικά καλά βιβλία, τον αχώριστο σταυρό μου και τη Βίβλο και λίγο χαρτί για να γράψω. Αισθάνομαι ότι θα κερδίσω πολλή έμπνευση από αυτό το ταξίδι. Ποιος ξέρει, ίσως να γίνω ο συγγραφέας μιας αξέχαστης ιστορίας που θα μείνει στην ιστορία. Πριν φύγω, όμως, πρέπει να αποχαιρετήσω όλους (ειδικά τη μητέρα μου). Είναι υπερπροστατευτική και δεν θα με αφήσει να φύγω χωρίς καλό λόγο ή τουλάχιστον με την υπόσχεση ότι θα επιστρέψω σύντομα. Αισθάνομαι ότι θα πρέπει, μια μέρα, να δώσω μια κραυγή ελευθερίας και να πετάξω σαν πουλί που έχει δημιουργήσει τα φτερά του... και θα πρέπει να το καταλάβει αυτό γιατί δεν ανήκω σε εκείνη, αλλά μάλλον στο σύμπαν που με καλωσόρισε χωρίς να απαιτεί τίποτα από μένα σε αντάλλαγμα. Είναι για το σύμπαν που αποφάσισα να γίνω συγγραφέας και να εκπληρώσω τον ρόλο μου και να αναπτύξω το ταλέντο μου. Όταν φτάσω στο τέλος του δρόμου και έχω φτιάξει κάτι από τον εαυτό μου, θα είμαι έτοιμος να μπω σε κοινωνία με τον δημιουργό και να μάθω ένα νέο σχέδιο. Είμαι σίγουρος ότι θα έχω και έναν ιδιαίτερο ρόλο σε αυτό.

Πιάνω τη βαλίτσα μου και με αυτό νιώθω αγωνία να υψώνεται μέσα μου. Ερωτήσεις μου έρχονται στο μυαλό και με ενοχλούν: Πώς θα είναι αυτό το ταξίδι; Θα είναι επικίνδυνο το άγνωστο; Ποιες προφυλάξεις πρέπει να λαμβάνω; Αυτό που ξέρω είναι ότι θα είναι προκλητικό για την καριέρα μου και είμαι πρόθυμος να το κάνω. Πιάνω τη βαλίτσα μου (ξανά) και πριν φύγω, ζητώ από την οικογένειά μου να πει αντίο. Η μητέρα μου είναι στην κουζίνα ετοιμάζοντας μεσημεριανό γεύμα με την αδερφή μου. Πλησιάζω και ασχολούμαι με το κρίσιμο ζήτημα.

«Βλέπεις αυτή την τσάντα; Θα είναι ο μοναδικός μου σύντροφος (εκτός από εσάς, τους αναγνώστες) σε ένα ταξίδι που είμαι έτοιμος να κάνω. Αναζητώ τη σοφία, τη γνώση και την ευχαρίστηση του επαγγέλματός μου. Ελπίζω ότι και οι δύο θα κατανοήσετε και θα εγκρίνετε την απόφαση που έλαβα. Έλα; δώσε μου μια αγκαλιά και καλές ευχές.

«Γιε μου, ξέχασε τους στόχους σου γιατί είναι αδύνατοι για φτωχούς ανθρώπους σαν εμάς. Έχω πει χίλιες φορές: Δεν θα είσαι είδωλο ή κάτι παρόμοιο. Κατάλαβα: Δεν γεννήθηκες για να είσαι σπουδαίος άνθρωπος» είπε η Ιουλιέτα, η μητέρα μου.

«Ακούστε τη μητέρα μας. Ξέρει για τι μιλάει και έχει δίκιο. Το όνειρό σου είναι αδύνατο γιατί δεν έχεις ταλέντο. Αποδεχτείτε ότι η αποστολή σας είναι απλώς να είστε ένας απλός δάσκαλος μαθηματικών. Δεν θα πας πιο μακριά από αυτό» είπε η Ντάλβα, η αδερφή μου.

«Λοιπόν, λοιπόν, δεν υπάρχουν αγκαλιές; Γιατί δεν πιστεύετε εσείς ότι μπορώ να είμαι επιτυχημένος; Σας εγγυώμαι: Ακόμα κι αν πληρώσω για να πραγματοποιήσω το όνειρό μου, θα είμαι επιτυχημένος γιατί ένας σπουδαίος άνθρωπος είναι αυτός που πιστεύει στον εαυτό του. Θα κάνω αυτό το ταξίδι και θα ανακαλύψω όλα όσα υπάρχουν για να αποκαλύψω. Επιπλέον, θα είμαι ευτυχισμένος γιατί η ευτυχία συνίσταται στο να ακολουθούμε το μονοπάτι που ο Θεός φωτίζει γύρω μας, έτσι ώστε να γίνουμε νικητές.

Τούτου δεχθέντος, κατευθύνομαι προς την πόρτα με τη βεβαιότητα ότι θα είμαι νικητής σε αυτό το ταξίδι: το ταξίδι που θα με οδηγήσει σε άγνωστους προορισμούς.

Το Ιερό Βουνό

Πριν από πολύ καιρό, άκουσα για ένα εξαιρετικά αφιλόξενο βουνό γύρω από την Αλιευτική πόλη. Είναι μέρος της οροσειράς του Ορορούμπα (ιθαγενές όνομα) όπου κατοικούν οι αυτόχθονες. Λένε ότι έγινε ιερό μετά το θάνατο ενός μυστηριώδους γιατρού από μία από τις φυλές. Μπορεί να κάνει οποιαδήποτε ευχή πραγματικότητα αν η πρόθεση είναι αγνή και ειλικρινής. Αυτό είναι το σημείο εκκίνησης του ταξιδιού μου, στόχος του οποίου είναι να κάνει το αδύνατο δυνατό. Πιστεύετε, αναγνώστες; Στη συνέχεια, μείνετε μαζί μου, δίνοντας ιδιαίτερη προσοχή στην αφήγηση.

Ακολουθώντας τον αυτοκινητόδρομο BR-232, φτάνοντας στο δήμο Αλιευτική πόλη, περίπου δεκαπέντε μίλια από το κέντρο, βρίσκεται το Μιμόζο, μία από τις συνοικίες του. Μια σύγχρονη γέφυρα, πρόσφατα χτισμένη, δίνει πρόσβαση στον τόπο που βρίσκεται ανάμεσα στα βουνά Μιμόζο και Ορορούμπα, λουσμένη από τον ποταμό Μιμόζο που τρέχει στο κάτω μέρος της κοιλάδας. Το ιερό βουνό βρίσκεται ακριβώς σε αυτό το σημείο και εκεί οδηγώ.

Το ιερό βουνό βρίσκεται δίπλα στη συνοικία και σε σύντομο χρονικό διάστημα βρίσκομαι κάτω από αυτό. Το μυαλό μου περιπλανιέται στο χώρο και τον μακρινό χρόνο, φαντάζοντας άγνωστες καταστάσεις και φαινόμενα. Τι με περιμένει όταν ανεβαίνω σε αυτό το βουνό; Αυτές σίγουρα θα είναι αναζωογονητικές και διεγερτικές εμπειρίες. Το βουνό είναι μικρού αναστήματος (2300 πόδια (0,7 χλμ.) Και με κάθε βήμα, αισθάνομαι πιο σίγουρος, αλλά και αναμενόμενος. Αναμνήσεις έρχονται στο μυαλό από έντονες εμπειρίες που έχω ζήσει κατά τη διάρκεια των είκοσι έξι ετών μου. Σε αυτή τη σύντομη περίοδο, υπήρχαν πολλά φανταστικά περιστατικά που με έκαναν να πιστέψω ότι ήμουν ξεχωριστός. Σταδιακά, μπορώ να μοιραστώ αυτές τις αναμνήσεις μαζί σας, αναγνώστες, χωρίς ενοχές. Ωστόσο, δεν είναι η κατάλληλη στιγμή. Θα συνεχίσω στο μονοπάτι του βουνού, ψάχνοντας για όλες τις επιθυμίες μου. Αυτό ελπίζω και για πρώτη φορά είμαι κουρασμένος. Έχω διανύσει τη μισή διαδρομή. Δεν αισθάνομαι σωματική εξάντληση αλλά κυρίως ψυχική λόγω περίεργων φωνών που μου ζητούν να επιστρέψω. Επιμένουν αρκετά. Ωστόσο, δεν τα παρατάω εύκολα. Θέλω να φτάσω στην κορυφή του βουνού για όλα όσα αξίζει. Το βουνό αναπνέει για μένα με αέρηδες αλλαγής που αποπνέουν για όσους πιστεύουν στην ιερότητά του. Όταν φτάσω εκεί, νομίζω ότι θα ξέρω ακριβώς τι να κάνω για να φτάσω στο μονοπάτι που θα με οδηγήσει σε αυτό το ταξίδι που περίμενα τόσο καιρό. Κρατώ την πίστη μου και τους στόχους μου γιατί έχω έναν Θεό που είναι ο Θεός του αδύνατου. Ας συνεχίσουμε να περπατάμε.

Έχω ήδη διανύσει τα τρία τέταρτα του μονοπατιού, αλλά ακόμα, με κυνηγούν οι φωνές. Ποιος είμαι; Πού πάω; Γιατί νιώθω ότι η ζωή μου θα αλλάξει δραματικά μετά την εμπειρία στο βουνό; Εκτός από τις φωνές, φαίνεται ότι είμαι μόνος στο δρόμο. Μήπως και άλλοι συγγραφείς έχουν νιώσει το ίδιο πράγμα να ακολουθούν ιερά μονοπάτια; Νομίζω ότι ο μυστικισμός μου θα είναι διαφορετικός από οποιονδήποτε άλλο. Πρέπει να συνεχίσω. Πρέπει να ξεπεράσω και να αντέξω όλα τα εμπόδια. Τα αγκάθια που τραυματίζουν το σώμα μου είναι εξαιρετικά επικίνδυνα για τους ανθρώπους. Αν επιβιώσω από αυτή την ανάβαση, θα θεωρώ ήδη τον εαυτό μου νικητή.

Βήμα προς βήμα, είμαι πιο κοντά στην κορυφή. Είμαι ήδη μόλις λίγα μέτρα μακριά από αυτό. Ο ιδρώτας που τρέχει κάτω από το σώμα μου φαίνεται να είναι ενσωματωμένος με ιερές μυρωδιές του βουνού. Σταματώ για λίγο. Θα ανησυχούν οι αγαπημένοι μου; Λοιπόν, πραγματικά δεν έχει σημασία τώρα. Πρέπει να σκεφτώ τον εαυτό μου, τώρα, για να φτάσω στην κορυφή του βουνού. Το μέλλον μου εξαρτάται από αυτό. Λίγα βήματα παραπάνω και φτάνω στην κορυφή. Ένας κρύος άνεμος φυσάει, βασανισμένες φωνές μπερδεύουν τη λογική μου και δεν αισθάνομαι καλά. Οι φωνές φωνάζουν:

«Τα κατάφερε. Θα του απονεμηθεί! «Είναι καν άξιος; » Πώς κατάφερε να ανέβει ολόκληρο το βουνό; Είμαι μπερδεμένος και ζαλισμένος. Δεν νομίζω ότι είμαι καλά.

Τα πουλιά κλαίνε και οι ακτίνες του ήλιου χαϊδεύουν το πρόσωπό μου στο σύνολό του. Πού βρίσκομαι; Νιώθω σαν να είχα μεθύσει την προηγούμενη μέρα. Προσπαθώ να σηκωθώ, αλλά ένα χέρι με εμποδίζει. Επιπλέον, βλέπω ότι στο πλευρό μου είναι μια μεσήλικά γυναίκα, με κόκκινα μαλλιά και μαυρισμένο δέρμα.

«Ποιος είσαι εσύ; Τι μου συνέβη; Όλο μου το σώμα πονάει. Το μυαλό μου αισθάνεται μπερδεμένο και ασαφές. Το να είσαι στην κορυφή του βουνού προκαλεί όλα αυτά; Νομίζω ότι θα έπρεπε να είχα μείνει στο σπίτι μου. Τα όνειρά μου με ώθησαν μέχρι αυτό το σημείο. Ανέβηκα στο βουνό αργά, γεμάτος ελπίδα για ένα καλύτερο μέλλον και κάποια κατεύθυνση προς την προσωπική ανάπτυξη. Ωστόσο, πρακτικά δεν μπορώ να κινηθώ. Εξηγήστε μου όλα αυτά, σας ικετεύω.

«Είμαι ο φύλακας του βουνού. Είμαι το πνεύμα της Γης που φυσάει μέχρι εδώ. Με έστειλαν εδώ γιατί κερδίσατε την πρόκληση. Θέλετε να κάνετε τα όνειρά σας πραγματικότητα; Θα σε βοηθήσω να το κάνεις αυτό, παιδί του Θεού! Έχετε ακόμα πολλές προκλήσεις να αντιμετωπίσετε. Θα σας προετοιμάσω. Μη φοβάστε. Ο Θεός σου είναι μαζί σου. Ξεκουραστείτε λίγο. Θα επιστρέψω με φαγητό και νερό για να καλύψω τις ανάγκες σας. Εν τω μεταξύ, χαλαρώστε και διαλογιστείτε όπως κάνετε πάντα.

Τούτου δεχθέντος, η κυρία εξαφανίστηκε από το όραμά μου. Αυτή η ανησυχητική εικόνα με άφησε πιο στενοχωρημένο και γεμάτο αμφιβολίες. Τι προκλήσεις θα έπρεπε να κερδίσω; Σε ποια βήματα συνίστανται αυτές οι προκλήσεις; Η κορυφή του βουνού ήταν πραγματικά ένα πολύ υπέροχο και ήρεμο μέρος. Από ψηλά, μπορούσε κανείς να δει το μικρό πολεοδομικό συγκρότημα των σπιτιών στο Μιμόζο. Πρόκειται για ένα οροπέδιο γεμάτο με απότομα μονοπάτια γεμάτα βλάστηση από όλες τις πλευρές. Αυτός ο ιερός τόπος, ανέγγιχτος από τη φύση, θα πραγματοποιούσε πραγματικά τα σχέδιά μου; Θα με έκανε συγγραφέα κατά την αναχώρησή μου; Μόνο ο χρόνος θα μπορούσε να απαντήσει σε αυτά τα ερωτήματα. Δεδομένου ότι η γυναίκα έπαιρνε λίγο χρόνο, άρχισα να διαλογίζομαι στην κορυφή του βουνού. Χρησιμοποίησα την ακόλουθη τεχνική: Πρώτον, καθάρισα το μυαλό μου (απαλλαγμένο από οποιεσδήποτε σκέψεις). Αρχίζω να εναρμονίζομαι με τη φύση γύρω μου, συ λογιζόμενος διανοητικά ολόκληρο τον τόπο. Από εκεί, αρχίζω να καταλαβαίνω ότι είμαι μέρος της φύσης και ότι είμαστε πλήρως διασυνδεδεμένοι σε ένα μεγάλο τελετουργικό κοινωνίας. Η σιωπή Μου είναι η σιωπή της Μητέρας Φύσης. Η κραυγή μου είναι και η κραυγή της. Σταδιακά, αρχίζω να αισθάνομαι τις επιθυμίες και τις φιλοδοξίες της και αντίστροφα. Αισθάνομαι την ταλαιπωρημένη κραυγή της για βοήθεια που παρακαλεί να σωθεί η ζωή της από την ανθρώπινη καταστροφή: αποψίλωση των δασών, υπερβολική εξόρυξη, κυνήγι και ψάρεμα, εκπομπή ρυπογόνων αερίων στην ατμόσφαιρα και άλλες ανθρώπινες θηριωδίες. Ομοίως, με ακούει και με υποστηρίζει σε όλα τα σχέδιά μου. Είμαστε εντελώς αλληλένδετοι κατά τη διάρκεια του διαλογισμού μου. Όλη η αρμονία και η συνενοχή με έχουν αφήσει εντελώς ήσυχο και συγκεντρωμένο στις επιθυμίες μου. Μέχρι που κάτι άλλαξε: ένιωσα το ίδιο άγγιγμα που κάποτε με ξύπνησε. Άνοιξα τα μάτια μου, αργά, και είδα ότι ήμουν πρόσωπο με πρόσωπο με την ίδια γυναίκα που αποκαλούσε τον εαυτό της φύλακα του ιερού βουνού.

῾Βλέπω ότι καταλαβαίνεις το μυστικό του διαλογισμού. Το βουνό σας βοήθησε να ανακαλύψετε λίγο από τις δυνατότητές σας. Θα αναπτυχθείτε με πολλούς τρόπους. Θα σας βοηθήσω κατά τη διάρκεια αυτής της διαδικασίας. Πρώτον, σας ζητώ να στραφείτε στη φύση για να βρείτε δοκάρια, σχάρες, στηρίγματα και γραμμές για να ανεγείρετε μια καλύβα και στη συνέχεια καυσόξυλα για να φτιάξετε μια φωτιά. Η νύχτα πλησιάζει ήδη και πρέπει να προστατευτείτε από τα άγρια θηρία. Ξεκινώντας από αύριο, θα σας διδάξω τη σοφία του δάσους, ώστε να μπορέσετε να ξεπεράσετε την πραγματική πρόκληση: Το σπήλαιο της απελπισίας. Μόνο το καθαρό της καρδιάς επιβιώνει από τη φωτιά της ανάλυσής του. Θέλετε να κάνετε τα όνειρά σας πραγματικότητα; Στη συνέχεια, πληρώστε το τίμημα για αυτούς. Το σύμπαν δεν δίνει τίποτα δωρεάν σε κανέναν. Εμείς είμαστε εκείνοι που πρέπει να γίνουμε άξιοι για να επιτύχουμε. Αυτό είναι ένα μάθημα που πρέπει να μάθεις, γιε μου.

«Καταλαβαίνω. Ελπίζω ότι θα μάθω όλα όσα χρειάζομαι για να ξεπεράσω την πρόκληση του σπηλαίου. Δεν έχω ιδέα τι είναι, αλλά είμαι σίγουρος. Αν ξεπερνούσα το βουνό, θα τα κατάφερνα και στη σπηλιά. Όταν φύγω, σκέφτομαι ότι θα είμαι έτοιμος να κερδίσω και να έχω επιτυχία.

ΑΝΤΊΘΕΤΕΣ ΠΛΕΥΡΈΣ

"Περιμένετε, μην είστε τόσο σίγουροι. Δεν ξέρετε τη σπηλιά για την οποία μιλάω. Γνωρίζετε ότι πολλοί πολεμιστές έχουν ήδη δοκιμαστεί από τη φωτιά του και καταστράφηκαν. Το σπήλαιο δεν δείχνει οίκτο σε κανέναν, ούτε καν στους ονειροπόλους. Να έχετε υπομονή και να μάθετε όλα όσα θα σας διδάξω. Έτσι, θα γίνετε πραγματικός νικητής. Θυμηθείτε: Η αυτοπεποίθηση βοηθά, αλλά μόνο με το σωστό ποσό.

«Καταλαβαίνω. Σας ευχαριστώ για όλες τις συμβουλές σας. Σας υπόσχομαι ότι θα την ακολουθήσω μέχρι το τέλος. Όταν η απελπισία της αμφιβολίας με μαστιγώνει, θα θυμηθώ τα λόγια σας και θα υπενθυμίσω στον εαυτό μου ότι ο Θεός μου θα με σώζει πάντα. Όταν δεν υπάρχει διαφυγή στη σκοτεινή νύχτα της ψυχής, δεν θα φοβηθώ. Θα νικήσω τη σπηλιά της απελπισίας, τη σπηλιά από την οποία κανείς δεν έχει ξεφύγει ποτέ!

Η γυναίκα αποχαιρέτησε φιλικά υποσχόμενη επιστροφή σε μια άλλη μέρα.

Η Καλύβα

Εμφανίζεται μια νέα μέρα. Τα πουλιά σφυρίζουν και τραγουδούν τις μελωδίες τους, ο άνεμος είναι βορειοανατολικός και το αεράκι του αναζωογονεί τον ήλιο που ανατέλλει έντονα ζεστός αυτή την εποχή του χρόνου. Επί του παρόντος, είναι Δεκέμβριος και για μένα, αυτός ο μήνας αντιπροσωπεύει έναν από τους πιο όμορφους μήνες καθώς είναι η αρχή των σχολικών διακοπών. Είναι ένα διάλειμμα που αξίζει τον κόπο μετά από ένα μακρύ χρόνο αφιερωμένο στις σπουδές σε ένα κολεγιακό μάθημα μαθηματικών. Τη στιγμή που μπορείτε να ξεχάσετε όλα τα ολοκληρώματα, τις παραγώγους και τις πολικές συντεταγμένες. Τώρα πρέπει να ανησυχώ για όλες τις προκλήσεις που θα μου ρίξει η ζωή. Τα όνειρά μου εξαρτώνται από αυτό. Η πλάτη μου πονάει εξαιτίας μιας κακής νύχτας ύπνου που βρίσκεται στην χτυπημένη γη που ετοίμασα ως κρεβάτι. Η καλύβα που έχτισα με απίστευτη προσπάθεια και η φωτιά που άναψα μου έδωσαν μια ορισμένη ασφάλεια τη νύχτα. Ωστόσο, άκουσα ουρλιαχτά και βήματα έξω από αυτό. Πού με οδήγησαν τα όνειρά μου; Η απάντηση είναι στο τέλος του κόσμου, όπου ο πολιτισμός δεν έχει φτάσει ακόμα. Τι θα κάνατε, αναγνώστη; Θα διακινδυνεύατε επίσης ένα ταξίδι για να κάνετε τα βαθύτερα όνειρά σας πραγματικότητα; Ας συνεχίσουμε την αφήγηση.

Τυλιγμένος στις σκέψεις και τις ερωτήσεις μου, λίγο συνειδητοποίησα ότι, στο πλευρό μου, ήταν η παράξενη κυρία που υποσχέθηκε να με βοηθήσει στο δρόμο μου.

«Κοιμήθηκες καλά;

«Αν καλά σημαίνει ότι είμαι ακόμα ολόκληρος, ναι.

«Πριν από οτιδήποτε άλλο, πρέπει να σας προειδοποιήσω ότι το έδαφος που πατάτε είναι ιερό. Επομένως, μην παραπλανήσετέ από την εμφάνιση ή από την παρορμητικότητα. Σήμερα είναι η πρώτη σας πρόκληση. Δεν θα σας φέρω άλλο φαγητό ή νερό. Θα τα βρείτε από τον λογαριασμό σας. Ακολουθήστε την καρδιά σας σε όλες τις καταστάσεις. Πρέπει να αποδείξετε ότι είστε άξιοι.

«Υπάρχει φαγητό και νερό σε αυτό το υπόστρωμα και πρέπει να το μαζέψω; Κοιτάξτε, κυρία, έχω συνηθίσει να ψωνίζω σε ένα σούπερ μάρκες. Βλέπετε αυτήν την καμπίνα; Μου έχει κοστίσει ιδρώτα και δάκρυα και ακόμα, δεν είμαι πεπεισμένος ότι είναι ασφαλές. Γιατί δεν μου δίνετε το δώρο που χρειάζομαι; Νομίζω ότι έχω αποδείξει ότι είμαι άξιος τη στιγμή που ανέβηκα σε αυτό το απότομο βουνό.

«Κυνηγήστε για φαγητό και νερό. Το βουνό είναι μόνο ένα βήμα στη διαδικασία της πνευματικής σας βελτίωσης. Δεν είστε ακόμα έτοιμοι. Πρέπει να σας υπενθυμίσω ότι δεν μεταδίδω δώρα. Δεν έχω τη δύναμη να το κάνω. Επιπλέον, είμαι μόνο το βέλος που δείχνει το μονοπάτι. Το σπήλαιο είναι αυτό που ικανοποιεί τις επιθυμίες σας. Ονομάζεται σπήλαιο της απελπισίας, που αναζητούν εκείνοι των οποίων τα όνειρα έχουν γίνει από τότε αδύνατα.

«Θα προσπαθήσω. Δεν έχω τίποτα άλλο να χάσω. Το σπήλαιο είναι η τελευταία μου ελπίδα επιτυχίας.

Τούτου δεχθέντος, σηκώνομαι και αρχίζω την πρώτη πρόκληση. Η γυναίκα εξαφανίστηκε σαν καπνός.

Η πρώτη πρόκληση

Με την πρώτη ματιά, βλέπω ότι μπροστά μου είναι ένα περπατημένο μονοπάτι. Αρχίζω να περπατάω κάτω από αυτό. Αντί για την υποβρύχια γεμάτη αγκάθια, το καλύτερο θα ήταν να ακολουθήσετε το μονοπάτι. Οι πέτρες που σαρώνουν τα βήματά μου φαίνεται να μου λένε κάτι. Είναι δυνατόν να είμαι στο σωστό δρόμο; Σκέφτομαι όλα όσα άφησα πίσω μου ψάχνοντας για το όνειρό μου: Σπίτι, φαγητό, καθαρά ρούχα και τα μαθηματικά μου βιβλία. Αξίζει τον κόπο αυτό; Νομίζω ότι θα το μάθω. (Ο χρόνος θα δείξει). Η παράξενη γυναίκα φαίνεται να μην μου τα έχει πει όλα. Όσο περισσότερο περπατούσα, τόσο λιγότερα έβρισκα. Η κορυφή δεν φαινόταν να είναι τόσο εκτεταμένη τώρα που είχα φτάσει. Ένα φως... Βλέπω ένα φως μπροστά μου. Πρέπει να πάω εκεί. Επιπλέον, φτάνω σε ένα ευρύχωρο ξέφωτο όπου οι ακτίνες του ήλιου αντικατοπτρίζουν σαφώς την εμφάνιση του βουνού. Το μονοπάτι τελειώνει και ξαναγεννιέται σε δύο διακριτά μονοπάτια. Τι πρέπει να κάνω; Περπατάω για ώρες και η δύναμή μου φαίνεται να έχει εξαντληθεί. Κάθομαι μια στιγμή να ξεκουραστώ. Δύο δρόμοι και δύο επιλογές. Πόσες φορές στη ζωή βρισκόμαστε αντιμέτωποι με καταστάσεις όπως αυτή; Ο επιχειρηματίας που πρέπει να επιλέξει μεταξύ της επιβίωσης της εταιρείας ή της απόλυσης ορισμένων εργαζομένων. Η φτωχή μητέρα της ενδοχώρας στο βορειοανατολικό τμήμα της Βραζιλίας, η οποία πρέπει να επιλέξει ποιο από τα παιδιά της θα ταΐσει. Ο άπιστος σύζυγος που πρέπει να επιλέξει ανάμεσα στη γυναίκα του και την ερωμένη του. Τέλος πάντων, υπάρχουν πολλές καταστάσεις στη ζωή. Το πλεονέκτημά μου είναι ότι η επιλογή μου θα με επηρεάσει μόνο. Πρέπει να ακολουθήσω τη διαίσθησή μου, όπως συνέστησε η γυναίκα.

Σηκώνομαι και επιλέγω το μονοπάτι στα δεξιά. Επιπλέον, κάνω μεγάλα βήματα σε αυτό το μονοπάτι και δεν μου παίρνει πολύ χρόνο για να ρίξω μια ματιά σε ένα ακόμη ξέφωτο. Αυτή τη φορά, συναντώ μια πισίνα με νερό και μερικά ζώα γύρω της. Ψύχονται στο καθαρό και διαφανές νερό. Πώς πρέπει να προχωρήσω; Βρήκα επιτέλους νερό, αλλά είναι γεμάτο ζώα. Συμβουλεύομαι την καρδιά μου και μου λέει ότι ο καθένας έχει το δικαίωμα στο νερό. Επιπλέον, δεν μπορούσα απλά να τους πυροβολήσω και να τους στερήσω και αυτούς. Η φύση δίνει πληθώρα πόρων για την επιβίωση των ανθρώπων της. Είμαι μόνο ένα από τα σκέλη στο διαδίκτυο που υφαίνει. Δεν είμαι ανώτερος σε σημείο που θεωρώ τον εαυτό μου τον Διδάσκαλο του. Με τα χέρια μου, φτάνω στο νερό και το ρίχνω σε μια μικρή κατσαρόλα που έφερα από το σπίτι. Το πρώτο μέρος της πρόκλησης αντιμετωπίζεται. Τώρα πρέπει να βρω φαγητό.

Συνεχίζω να περπατάω, στο μονοπάτι, ελπίζοντας να βρω κάτι να φάω. Το στομάχι μου γρυλίζει καθώς έχει ήδη περάσει το μεσημέρι. Αρχίζω να κοιτάζω προς τις πλευρές του μονοπατιού. Ίσως το φαγητό είναι μέσα στο δάσος. Πόσο συχνά αναζητούμε τον ευκολότερο δρόμο, αλλά δεν είναι αυτός που οδηγεί στην επιτυχία; (Δεν είναι κάθε ορειβάτης που ακολουθεί ένα μονοπάτι ο πρώτος που φτάνει στην κορυφή του βουνού). Οι συντομεύσεις σάς οδηγούν γρήγορα στο στόχο σας. Με αυτή τη σκέψη, αφήνω το ίχνος και λίγο αργότερα βρίσκω μια μπανάνα και μια καρύδα. Από αυτούς θα πάρω το φαγητό μου. Πρέπει να τους ανέβω με την ίδια δύναμη και πίστη που ανέβηκα στο βουνό. Προσπαθώ μία, δύο, τρεις φορές. Επιπλέον, τα καταφέρνω. Θα επιστρέψω στην καλύβα τώρα γιατί ολοκλήρωσα την πρώτη πρόκληση.

Η δεύτερη πρόκληση

Φτάνοντας στην καλύβα μου, βρίσκω τον φύλακα του βουνού που φαίνεται πιο λαμπρός από ποτέ. Τα μάτια της δεν απομακρύνθηκαν ποτέ από τα δικά μου. Νομίζω ότι είμαι εξαιρετικός στον Θεό. Πάντα νιώθω την παρουσία του. Με ανασταίνει με κάθε τρόπο. Όταν ήμουν άνεργος, εκείνος άνοιξε μια πόρτα. Όταν δεν είχα καμία ευκαιρία να εξελιχθώ επαγγελματικά, μου έδωσε νέα μονοπάτια. Όταν σε περιόδους κρίσης, με ελευθέρωσε από τα δεσμά του Σατανά. Τέλος πάντων, αυτό το βλέμμα επιδοκιμασίας από την παράξενη γυναίκα μου θύμισε τον άντρα που ήμουν μέχρι πρόσφατα. Ο τωρινός μου στόχος ήταν να κερδίσω, ανεξάρτητα από τα εμπόδια που έπρεπε να ξεπεράσω.

«Έτσι, κερδίσατε την πρώτη πρόκληση. Σας συγχαίρω. (Αναφώνησε η γυναίκα). Η πρώτη πρόκληση είχε ως στόχο να εξερευνήσει τη σοφία σας και την ικανότητά σας να λαμβάνετε αποφάσεις και να μοιράζεστε.

Οι δύο δρόμοι αντιπροσωπεύουν τις «αντίθετες δυνάμεις» που κυβερνούν το σύμπαν (καλό και κακό). Ένας άνθρωπος είναι εντελώς ελεύθερος να επιλέξει οποιοδήποτε από τα δύο μονοπάτια. Αν κάποιος επιλέξει το μονοπάτι στα δεξιά, θα φωτιστεί χάρη στους αγγέλους σε όλες τις στιγμές της ζωής του. Αυτός ήταν ο δρόμος που επιλέξατε. Ωστόσο, δεν είναι ένας εύκολος δρόμος. Συχνά, οι αμφιβολίες θα σας επιτεθούν και θα αναρωτηθείτε αν αυτό το μονοπάτι άξιζε τον κόπο. Οι άνθρωποι του κόσμου θα είναι πάντα πληγωμένοι και θα εκμεταλλεύονται την καλή σας θέληση. Επιπλέον, η εμπιστοσύνη που δίνετε στους άλλους σχεδόν πάντα θα σας απογοητεύσει. Όταν αναστατωθείτε, θυμηθείτε: Ο Θεός σας είναι δυνατός και δεν θα σας εγκαταλείψει ποτέ. Ποτέ μην αφήνετε τα πλούτη ή τη λαγνεία να διαστρεβλώνουν την καρδιά σας. Είστε ξεχωριστοί και λόγω της αξίας σας ο Θεός θεωρεί εσάς, τον γιο του. Ποτέ μην πέσετε από αυτή τη χάρη. Το μονοπάτι στα αριστερά ανήκει σε όλους όσους επαναστάτησαν στο κάλεσμα του Κυρίου. Όλοι μας γεννιόμαστε με μια θεία αποστολή. Ωστόσο, μερικοί αποκλίνουν από αυτό με υλισμό, κακές επιρροές, διαφθορά της καρδιάς. Εκείνοι που επιλέγουν το μονοπάτι στα αριστερά δεν καταλήγουν σε ένα ευχάριστο μέλλον, μας δίδαξε ο Ιησούς. Κάθε δέντρο που δεν δίνει καλούς καρπούς θα ξεριζωθεί και θα πεταχτεί στο εξωτερικό σκοτάδι. Αυτός είναι ο προορισμός των κακών ανθρώπων, επειδή ο Κύριος είναι δίκαιος. Εκείνη τη φορά που βρήκατε την τρύπα του νερού και εκείνα τα αξιοθρήνητα ζώα, η καρδιά σας μίλησε πιο δυνατά. Ακούστε το πάντα και θα πάτε μακριά. Το χάρισμα του να μοιράζεσαι έλαμπε πάνω σου εκείνη τη στιγμή και η πνευματική σου ανάπτυξη ήταν εκπληκτική. Η σοφία που σας βοήθησε να βρείτε φαγητό. Ο ευκολότερος δρόμος δεν είναι πάντα ο σωστός που πρέπει να ακολουθήσετε. Νομίζω ότι τώρα είστε έτοιμοι για τη δεύτερη πρόκληση. Σε τρεις μέρες, θα βγείτε από την καλύβα σας και θα αναζητήσετε ένα γεγονός. Ενεργήστε σύμφωνα με τη συνείδησή σας. Αν περάσεις, θα προχωρήσεις στην τρίτη και τελευταία πρόκληση.

«Σας ευχαριστώ που με συνοδεύσατε όλο αυτό το διάστημα. Δεν ξέρω τι με περιμένει στη σπηλιά, ούτε ξέρω τι θα μου συμβεί. Η συμβολή σας είναι κρίσιμη για μένα. Από τότε που ανέβηκα στο βουνό, νιώθω ότι η ζωή μου έχει αλλάξει. Είμαι πιο ήρεμος και πιο σίγουρος για αυτό που θέλω. Θα ολοκληρώσω τη δεύτερη πρόκληση.

«Πολύ καλά. Θα σας δω σε τρεις μέρες από τώρα.

Τούτου δεχθέντος, η κυρία εξαφανίστηκε για άλλη μια φορά. Με άφησε μόνο στην ησυχία του βράδυ μαζί με γρύλους, κουνούπια και άλλα έντομα.

Το Φάντασμα του Βουνού

Η νύχτα πέφτει πάνω από το βουνό. Ανάβω μια φωτιά και το κροτάλισμά της καταπραΰνει την καρδιά μου. Έχουν περάσει δύο μέρες από τότε που ανέβηκα στο βουνό και μου φαίνεται ακόμα τόσο ξένος. Οι σκέψεις μου περιπλανιούνται και προσγειώνονται στην παιδική μου ηλικία: Τα αστεία, οι φόβοι, οι τραγωδίες. Θυμάμαι καλά την ημέρα που ντύθηκα Ινδός: Με τόξο και βέλος. Τώρα, βρισκόμουν σε ένα ιερό βουνό, ακριβώς λόγω του θανάτου ενός μυστηριώδους ιθαγενούς (του Γιατρού της φυλής). Πρέπει να σκεφτώ κάτι άλλο, γιατί ο φόβος παγώνει την ψυχή μου. Εκκωφαντικοί θόρυβοι περιβάλλουν την καλύβα μου και δεν έχω ιδέα τι ή ποιοι είναι. Πώς μπορεί κανείς να ξεπεράσει τον φόβο του σε μια τέτοια περίσταση; Απαντήστε μου, αναγνώστη γιατί δεν ξέρω. Το βουνό είναι ακόμα άγνωστο σε μένα.

Ο θόρυβος πλησιάζει όλο και περισσότερο και δεν έχω πουθενά να φύγω. Το να φύγω από την καλύβα θα ήταν ανόητο γιατί θα μπορούσα να με καταπιούν άγρια θηρία. Θα πρέπει να αντιμετωπίσω ό, τι είναι. Ο θόρυβος σταματά και εμφανίζεται ένα φως. Με κάνει ακόμα πιο φοβισμένο. Με μια βιασύνη θάρρους, αναφωνώ:

«Για τον Θεό, ποιος είναι εκεί;

Μια φωνή, απαντά:

«Είμαι ο γενναίος πολεμιστής που η σπηλιά της απελπισίας έχει καταστρέψει. Εγκαταλείψτε το όνειρό σας, αλλιώς θα έχετε την ίδια μοίρα. Ήμουν ένας μικρός, ιθαγενής άνδρας από ένα χωριό μέσα στο έθνος. Φιλοδοξούσα να είμαι ο αρχηγός της φυλής μου και να είμαι πιο δυνατός από το λιοντάρι. Έτσι, κοίταξα προς το ιερό βουνό για να πετύχω τους στόχους μου. Κέρδισα τις τρεις προκλήσεις που μου επέβαλε ο φύλακας του βουνού. Ωστόσο, όταν μπήκα στη σπηλιά, με κατάπιε η φωτιά της, η οποία ράγισε την καρδιά μου και τους στόχους μου. Σήμερα, το πνεύμα μου υποφέρει και είναι κολλημένο απελπιστικά σε αυτό το βουνό. Ακούστε με, αλλιώς θα έχετε την ίδια μοίρα.

Η φωνή μου πάγωσε στο λαιμό μου και για μια στιγμή, δεν μπορούσα να ανταποκριθώ στο βασανισμένο πνεύμα. Είχε αφήσει πίσω του καταφύγιο, φαγητό, ένα ζεστό οικογενειακό περιβάλλον. Μου είχαν απομείνει δύο προκλήσεις στη σπηλιά, τη σπηλιά που θα μπορούσε να κάνει το αδύνατο πραγματικότητα. Δεν θα εγκατέλειπα εύκολα το όνειρό μου.

«Άκουσέ με, γενναίε πολεμιστή. Το σπήλαιο δεν κάνει μικρά θαύματα. Αν είμαι εδώ, είναι για έναν ευγενή λόγο. Δεν οραματίζομαι τα υλικά αγαθά. Το όνειρό μου πηγαίνει πέρα από αυτό. Θα ήθελα να εξελιχθώ επαγγελματικά και πνευματικά. Εν ολίγοις, θέλω να δουλέψω κάνοντας αυτό που απολαμβάνω, να κερδίσω χρήματα υπεύθυνα και να συνεισφέρω με το ταλέντο μου για ένα καλύτερο σύμπαν. Δεν εγκαταλείπω το όνειρό μου τόσο εύκολα.

Το φάντασμα απάντησε:

«Ξέρετε τη σπηλιά και τις παγίδες της; Δεν είστε παρά ένας φτωχός νέος που δεν γνωρίζει τον ακραίο κίνδυνο μέσα στο μονοπάτι που ακολουθεί. Ο φύλακας είναι ένας τσαρλατάνος που σε εξαπατά. Θέλει να σε καταστρέψει.

Η επιμονή του φαντάσματος με ενόχλησε. Με ήξερε, τυχαία; Ο Θεός, μέσα στο έλεός του, δεν θα επέτρεπε την αποτυχία μου. Ο Θεός και η Παναγία ήταν πάντα αποτελεσματικά στο πλευρό μου. Η απόδειξη αυτού ήταν οι διάφορες εμφανίσεις της Παναγίας καθ' όλη τη διάρκεια της ζωής μου. Στο " όραμα ενός προφήτη " (ένα βιβλίο που δεν έχω ακόμη δημοσιεύσει) περιγράφεται μια σκηνή όπου κάθομαι σε ένα παγκάκι σε μια πλατεία, πουλιά και ο άνεμος που με ταρακουνάει και είμαι σε βαθιά σκέψη για τον κόσμο και τη ζωή γενικότερα. Ξαφνικά, εμφανίστηκε η μορφή μιας γυναίκας που, μόλις με είδε, ρώτησε:

«Πιστεύεις στον Θεό, γιε μου;

Απάντησα αμέσως:

«Σίγουρα, και με όλη μου την ύπαρξη.

Αμέσως, έβαλε το χέρι της στο κεφάλι μου και προσευχήθηκε:

«Είθε ο Θεός της δόξας να σας καλύψει με φως και να σας δώσει πολλά δώρα.

Λέγοντας αυτό, έφυγε και όταν το συνειδητοποίησα, δεν ήταν πλέον δίπλα μου. Απλά εξαφανίστηκε.

Ήταν η πρώτη εμφάνιση της Παναγίας στη ζωή μου. Και πάλι, μεταμφιεσμένη σε ζητιάνο, ήρθε σε μένα ζητώντας κάποια αλλαγή. Είπε ότι ήταν αγρότισσα και δεν είχε ακόμη συνταξιοδοτηθεί. Εύκολα, της έδωσα μερικά νομίσματα που είχα στην τσέπη μου. Μόλις έλαβε τα χρήματα, με ευχαρίστησε και όταν το συνειδητοποίησα, είχε εξαφανιστεί. Στο βουνό, εκείνη τη στιγμή, δεν είχα την παραμικρή αμφιβολία ότι ο Θεός με αγαπούσε και ότι ήταν στο πλευρό μου. Ως εκ τούτου, απάντησα στο φάντασμα με μια ορισμένη αγένεια.

«Δεν θα ακούσω τη συμβουλή σας. Γνωρίζω τα όριά μου και την πίστη μου. Φύγε! Πηγαίνετε να στοιχειώσετε ένα σπίτι ή κάτι τέτοιο. Άσε με ήσυχο!

Τα φώτα έσβησαν και άκουσα τον θόρυβο των βημάτων που έφευγαν από την καλύβα. Ήμουν ελεύθερος από το φάντασμα.

Αποφασιστική μέρα

Οι τρεις μέρες είχαν περάσει από τη δεύτερη πρόκληση. Ήταν Παρασκευή πρωί, καθαρό, ηλιόλουστο και φωτεινό. Σκεφτόμουν τον ορίζοντα σήμερα το πρωί όταν πλησίασε η παράξενη γυναίκα.

«Είστε έτοιμοι; Αναζητήστε ένα ασυνήθιστο γεγονός στο δάσος και ενεργήστε σύμφωνα με τις αρχές σας. Αυτή είναι η δεύτερη δοκιμή σας.

«Εντάξει, εδώ και τρεις μέρες περίμενα αυτή τη στιγμή. Νομίζω ότι είμαι προετοιμασμένος.

Βιαστικά, κατευθύνομαι προς το πλησιέστερο μονοπάτι που δίνει πρόσβαση στο δάσος. Τα βήματά μου ακολούθησαν με σχεδόν μουσικό ρυθμό. Ποια ήταν αυτή η δεύτερη πρόκληση; Το άγχος με κυρίευσε και τα βήματά μου επιτάχυναν την αναζήτηση ενός άγνωστου στόχου. Ακριβώς μπροστά αναδύθηκε ένα ξέφωτο στο μονοπάτι όπου αποκλίνει και χωρίζεται. Αλλά όταν έφτασα εκεί, προς έκπληξή μου, η διακλάδωση είχε φύγει και αντ' 'αυτού έβλεπα την ακόλουθη σκηνή: ένα αγόρι, που σέρνεται από έναν ενήλικα, κλαίει δυνατά. Το συναίσθημα πήρε τον έλεγχό μου παρουσία αδικίας και γι' αυτό αναφώνησα:

«Αφήστε το αγόρι να φύγει! Είναι μικρότερος από σένα και δεν μπορεί να τον υπερασπιστεί.

«Δεν θα το κάνω! Του φέρομαι με αυτόν τον τρόπο γιατί θέλει να αποφύγει τη δουλειά.

«Εσύ τέρας! Τα μικρά αγόρια δεν πρέπει να εργάζονται. Θα πρέπει να μελετούν και να είναι καλά μορφωμένοι. Απελευθερώστε τον!

«Ποιος θα με κάνει, εσύ;

Είμαι εντελώς κατά της βίας, αλλά αυτή τη στιγμή η καρδιά μου μου ζήτησε να αντιδράσω μπροστά σε αυτό το σκουπίδι. Το παιδί πρέπει να απελευθερωθεί.

Απαλά, έσπρωξα το αγόρι μακριά από το ωμό και στη συνέχεια άρχισα να χτυπάω τον άνδρα. Ο μπάσταρδος αντέδρασε και μου έδωσε μερικά χτυπήματα. Ένας από αυτούς με χτύπησε κατάματα. Ο κόσμος περιστρεφόταν και ένας δυνατός, διεισδυτικός άνεμος εισέβαλε σε ολόκληρη την ύπαρξή μου: Λευκά και μπλε σύννεφα μαζί με γρήγορα πουλιά εισέβαλαν στο μυαλό μου. Σε μια στιγμή, φαινόταν σαν ολόκληρο το σώμα μου να επιπλέει στον ουρανό. Μια αχνή φωνή με φώναξε από μακριά. Σε μια άλλη στιγμή, ήταν σαν να περνάω από πόρτες, η μία μετά την άλλη ως εμπόδια. Οι πόρτες ήταν καλά κλειδωμένες και χρειάστηκε σημαντική προσπάθεια για να ανοίξουν. Κάθε πόρτα έδινε πρόσβαση είτε σε σαλόνια είτε σε ιερά, εναλλάξ. Στο πρώτο σαλόνι βρήκα νέους ντυμένους στα λευκά, μαζεμένους γύρω από ένα τραπέζι, στο οποίο, στο κέντρο, υπήρχε μια ανοιχτή βίβλος. Αυτές ήταν οι παρθένες που επιλέχθηκαν να βασιλεύσουν στον μελλοντικό κόσμο. Μια δύναμη με έσπρωξε έξω από το δωμάτιο και όταν άνοιξα τη δεύτερη πόρτα, κατέληξα στο πρώτο ιερό. Στην άκρη του βωμού, τα θυμιάματα με τα αιτήματα των φτωχών της Βραζιλίας καίγονταν. Στη δεξιά πλευρά, ένας ιερέας προσευχήθηκε δυνατά και ξαφνικά άρχισε να επαναλαμβάνει: Προφήτης! Προφήτης! Δίπλα του ήταν δύο γυναίκες με λευκά πουκάμισα. Πάνω τους ήταν γραμμένο: Πιθανό όνειρο. Όλα άρχισαν να σκοτεινιάζουν και όταν πήρα τα ρουλεμάν μου, με έσυραν βίαια έξω και με τέτοια ταχύτητα που με άφησε λίγο ζαλισμένο. Άνοιξα την τρίτη πόρτα και αυτή τη φορά βρήκα μια συνάντηση ανθρώπων: Ένας πάστορας, ένας ιερέας, ένας βουδιστής, ένας μουσουλμάνος, ένας πνευματιστής, ένας Εβραίος και ένας εκπρόσωπος των αφρικανικών θρησκειών. Ήταν διατεταγμένα σε κύκλο και στο κέντρο ήταν μια φωτιά και οι φλόγες της περιέγραφαν το όνομα, «Ένωση λαών και μονοπατιών με τον Θεό». Στο τέλος, με αγκάλιασαν και με κάλεσαν στην ομάδα. Η φωτιά κινήθηκε από το κέντρο, προσγειώθηκε στο χέρι μου και τράβηξε τη λέξη «μαθητεία». Η φωτιά ήταν καθαρό φως και δεν έκαιγε. Η ομάδα διαλύθηκε, η φωτιά έσβησε και πάλι με έσπρωξαν έξω από το δωμάτιο όπου άνοιξα την τέταρτη πόρτα. Το δεύτερο ιερό ήταν άδειο και πλησίασα το βωμό. Γονάτισα με ευλάβεια για την Ευλογημένη Μετάληψη, πήρα ένα χαρτί που ήταν στο πάτωμα και έγραψα το αίτημά μου. Δίπλωσα το χαρτί και το έβαλα στα πόδια της εικόνας. Η φωνή που ήταν μακριά σταδιακά έγινε όλο και πιο καθαρή και πιο έντονη. Έφυγα από το ιερό, άνοιξα την πόρτα και τελικά ξύπνησα. Στο πλευρό μου ήταν ο φύλακας του βουνού.

«Έτσι, είστε ξύπνιοι. Συγχαρητήρια! Κερδίσατε την πρόκληση. Η δεύτερη πρόκληση είχε ως στόχο να εξερευνήσει την ικανότητα του εαυτού και της δράσης σας. Τα δύο μονοπάτια που αντιπροσώπευαν τις «Αντίπαλες Δυνάμεις» έχουν γίνει ένα, και αυτό σημαίνει ότι πρέπει να ταξιδέψετε στη δεξιά πλευρά χωρίς να ξεχάσετε τη γνώση που θα έχετε όταν συναντήσετε την αριστερά. Η στάση σας έσωσε το παιδί, αν και δεν το χρειαζόταν. Όλη αυτή η σκηνή ήταν η δική μου νοητική προβολή για να σε αξιολογήσω. Ακολουθήσατε τη σωστή προσέγγιση. Οι περισσότεροι άνθρωποι όταν έρχονται αντιμέτωποι με σκηνές αδικίας προτιμούν να μην παρεμβαίνουν. Η παράλειψη είναι σοβαρή αμαρτία και το άτομο γίνεται συνεργός του δράστη. Δώσατε από τον εαυτό σας, όπως έκανε ο Ιησούς Χριστός για εμάς. Αυτό είναι ένα μάθημα που θα πάρετε μαζί σας όλη σας τη ζωή.

«Σας ευχαριστώ που με συγχαρήκατε. Θα ενεργούσα πάντα υπέρ εκείνων που έχουν αποκλειστεί. Αυτό που με προβληματίζει είναι η πνευματική εμπειρία που είχα νωρίτερα. Τι σημαίνει αυτό; Θα μπορούσατε να μου εξηγήσετε, παρακαλώ;

«Όλοι έχουμε την ικανότητα να διεισδύουμε σε άλλους κόσμους μέσω της σκέψης. Αυτό είναι που ονομάζεται αστρικό ταξίδι. Υπάρχουν ορισμένοι ειδικοί που σχετίζονται με αυτό το θέμα. Αυτό που είδατε πρέπει να σχετίζεται με το μέλλον σας ή με το μέλλον ενός άλλου ατόμου, ποτέ δεν ξέρετε.

«Καταλαβαίνω. Ανέβηκα στο βουνό, ολοκλήρωσα τις δύο πρώτες προκλήσεις και πρέπει να μεγαλώσω πνευματικά. Νομίζω ότι σύντομα θα είμαι έτοιμος να αντιμετωπίσω τη σπηλιά της απελπισίας. Το σπήλαιο που κάνει θαύματα και κάνει τα όνειρα πιο βαθιά.

«Πρέπει να εκτελέσετε το τρίτο και θα σας πω τι είναι αύριο. Περιμένετε για οδηγίες.

«Ναι, στρατηγέ. Θα περιμένω με αγωνία. Αυτό το Παιδί του Θεού, όπως με αποκαλέσατε, είναι πεινασμένο και θα ετοιμάσει μια σούπα για αργότερα. Είστε προσκεκλημένοι, κυρία.

«Υπέροχο. Λατρεύω τη σούπα. Θα το χρησιμοποιήσω προς όφελός μου για να σας γνωρίσω καλύτερα.

Η παράξενη κυρία έφυγε και με άφησε μόνη με τις σκέψεις μου. Πήγα να ψάξω στο δάσος για τα υλικά για τη σούπα.

Το νεαρό κορίτσι

Το βουνό είχε ήδη σκοτεινιάσει όταν η σούπα ήταν έτοιμη. Ο κρύος άνεμος της νύχτας και ο θόρυβος των εντόμων κάνουν το περιβάλλον όλο και πιο αγροτικό. Η παράξενη κυρία δεν έχει έρθει ακόμα στην καλύβα. Ελπίζω να τα έχω όλα σε τάξη μέχρι να φτάσει. Δοκιμάζω τη σούπα: Ήταν πραγματικά καλό, αν και δεν είχα όλα τα απαραίτητα καρυκεύματα. Επιπλέον, βγαίνω για λίγο έξω από την καλύβα και συλλογίζομαι τους ουρανούς: Τα αστέρια είναι μάρτυρες των προσπαθειών μου. Ανέβηκα στο βουνό, βρήκα τον φύλακα του, ολοκλήρωσα δύο προκλήσεις (η μία πιο δύσκολη από την άλλη), συνάντησα ένα φάντασμα και είμαι ακόμα όρθιος. «Οι φτωχοί αγωνίζονται περισσότερο για τα όνειρά τους». Κοιτάζω τη διάταξη των αστεριών και τη φωτεινότητά τους. Ο καθένας έχει τη σημασία του στο μεγάλο σύμπαν στο οποίο ζούμε. Οι άνθρωποι είναι επίσης σημαντικοί με τον ίδιο τρόπο. Είναι λευκοί, μαύροι, πλούσιοι, φτωχοί, της θρησκείας Α, ή της θρησκείας Β ή οποιουδήποτε συστήματος πεποιθήσεων. Είναι όλοι παιδιά με τον ίδιο πατέρα. Θέλω επίσης να πάρω τη θέση μου σε αυτό το σύμπαν. Είμαι ένα σκεπτόμενο ον χωρίς όρια. Επιπλέον, πιστεύω ότι ένα όνειρο είναι ανεκτίμητο, αλλά είμαι πρόθυμος να πληρώσω για να μπει στη σπηλιά της απελπισίας. Συλλογίζομαι τους ουρανούς για άλλη μια φορά και μετά επιστρέφω στην καλύβα. Δεν εξεπλάγην που βρήκα κηδεμόνα εκεί.

«Ήσουν εδώ πολύ καιρό; Δεν είχα συνειδητοποιήσει.

«Ήσασταν τόσο συγκεντρωμένοι στο να ατενίζετε τους ουρανούς που δεν ήθελα να σπάσω το ξόρκι της στιγμής. Εκτός από αυτό, αισθάνομαι σαν στο σπίτι μου.

«Εξαιρετικό. Καθίστε σε αυτό το αυτοσχέδιο παγκάκι που έφτιαξα. Θα σερβίρω τη σούπα.

Με τη σούπα ακόμα ζεστή, σέρβιρα την παράξενη κυρία σε μια κολοκύθα που βρήκα στο δάσος. Ο άνεμος που χτυπούσε τη νύχτα χάιδευε το πρόσωπό μου και μου ψιθύριζε λόγια στο αυτί. Ποια ήταν αυτή η παράξενη κυρία που υπηρετούσα; Αναρωτιέμαι αν ήθελε πραγματικά να με καταστρέψει, όπως υπαινίχθηκε το φάντασμα. Είχα πολλές αμφιβολίες γη 'αυτήν, και αυτή ήταν μια μεγάλη ευκαιρία να τις καθαρίσω.

«Είναι καλή η σούπα; Το ετοίμασα με μεγάλη προσοχή.

«Είναι υπέροχο! Τι χρησιμοποιήσατε για να το προετοιμάσετε;

«Είναι φτιαγμένο από πέτρες. Απλώς αστειευόμουν! Αγόρασα ένα πουλί από έναν κυνηγό και χρησιμοποίησα μερικά φυσικά καρυκεύματα από το δάσος. Αλλά, αλλάζοντας το θέμα, ποιος είσαι πραγματικά;

«Δείχνει καλή φιλοξενία για τον οικοδεσπότη να μιλήσει πρώτα για τον εαυτό του. Έχουν περάσει τέσσερις μέρες από τότε που φτάσατε εδώ στην κορυφή του βουνού και δεν είμαι καν σίγουρος ποιο είναι το όνομά σας.

«Πολύ καλά. Αλλά είναι μια μεγάλη ιστορία. Ετοιμαστείτε. Το όνομά μου είναι Άλντιβαν Τόρες και διδάσκω μαθηματικά σε επίπεδο κολεγίου. Τα δύο μεγάλα μου πάθη είναι η λογοτεχνία και τα μαθηματικά. Πάντα ήμουν λάτρης των βιβλίων και από τότε που ήμουν ελάχιστος, ήθελα να γράψω ένα δικό μου. Όταν ήμουν στο πρώτο έτος του γυμνασίου, *συγκέντρωσα μερικά αποσπάσματα από τα βιβλία του Εκκλησιαστή, σοφία και παροιμίες. Χάρηκα, παρά το γεγονός ότι τα κείμενα δεν ήταν δικά μου. Έδειξα σε όλους, με μεγάλη υπερηφάνεια. Επιπλέον, τελείωσα το Λύκειο, παρακολούθησα μαθήματα ηλεκτρονικών υπολογιστών και σταμάτησα να σπουδάζω για λίγο. Στη συνέχεια, δοκίμασα ένα τεχνικό μάθημα σε ένα τοπικό κολέγιο. Ωστόσο, συνειδητοποίησα ότι δεν ήταν το πεδίο μου από ένα σημάδι της μοίρας. Ήμουν προετοιμασμένος για πρακτική άσκηση σε αυτόν τον τομέα. Ωστόσο, την ημέρα πριν από τη δοκιμή, μια παράξενη δύναμη απαιτούσε συνεχώς να τα παρατήσω. Όσο περνούσε ο χρόνος, τόσο περισσότερη πίεση ένιωθα από αυτή τη δύναμη μέχρι που αποφάσισα να μην κάνω το τεστ. Η πίεση υποχώρησε και η καρδιά μου ηρέμησε επίσης. Νομίζω ότι ήταν η μοίρα που με έκανε να μην πάω. Πρέπει να σεβαστούμε τα όριά μας. Έκανα αρκετούς διαγωνισμούς, εγκρίθηκα και επί του παρόντος ασκώ τον ρόλο του διοικητικού βοηθού εκπαίδευσης. Πριν από τρία χρόνια, έλαβα ένα άλλο σημάδι μοίρας. Είχα κάποια προβλήματα και κατέληξα να έχω νευρικό κλονισμό. Άρχισα τότε να γράφω και σε σύντομο χρονικό διάστημα με βοήθησε να βελτιωθώ. Το αποτέλεσμα ήταν το βιβλίο "'Οραμα ενός μέσου" το οποίο δεν έχω δημοσιεύσει ακόμα. Όλα αυτά μου έδειξαν ότι ήμουν σε θέση να γράψω και να έχω ένα αξιοπρεπές επάγγελμα. Αυτό σκέφτομαι: θέλω να δουλέψω κάνοντας αυτό που μου αρέσει και θέλω να είμαι ευτυχισμένος. Είναι υπερβολικό αυτό για να ρωτήσει ένας φτωχός άνθρωπος;*

«Φυσικά και όχι, Άλντιβαν. Έχετε ταλέντο και αυτό είναι σπάνιο σε αυτόν τον κόσμο. Την κατάλληλη στιγμή, θα πετύχετε. Νικητές είναι εκείνοι που πιστεύουν στα όνειρά τους.

«Πιστεύω. Γι' αυτό είμαι εδώ στη μέση του πουθενά, όπου τα εμπορεύματα του πολιτισμού δεν έχουν φτάσει ακόμα. Βρήκα έναν τρόπο να ανέβω στο βουνό, να ξεπεράσω τις προκλήσεις. Το μόνο που μένει τώρα είναι να μπω στη σπηλιά και να πραγματοποιήσω τα όνειρά μου.

«Είμαι εδώ για να σας βοηθήσω. Είμαι ο φύλακας του βουνού από τότε που έγινε ιερό. Η αποστολή μου είναι να βοηθήσω όλους τους ονειροπόλους που αναζητούν τη σπηλιά της απελπισίας. Μερικοί επιδιώκουν να κάνουν τα υλικά όνειρα πραγματικότητα, όπως το χρήμα, η εξουσία, η κοινωνική επίδειξη ή άλλα εγωιστικά όνειρα. Όλοι έχουν αποτύχει μέχρι στιγμής και δεν ήταν λίγοι. Το σπήλαιο είναι δίκαιο με την ικανοποίηση των ευχών του.

Η συζήτηση συνεχίστηκε με ζωηρό τρόπο για αρκετό καιρό. Σταδιακά έχανα το ενδιαφέρον μου γι' αυτό καθώς μια παράξενη φωνή με φώναζε έξω από την καλύβα. Κάθε φορά που με καλούσε αυτή η φωνή, ένιωθα υποχρεωμένος να βγω από περιέργεια. Έπρεπε να φύγω. Ήθελα να μάθω τι σήμαινε αυτή η παράξενη φωνή στις σκέψεις μου. Απαλά, αποχαιρέτησα τη γυναίκα και ξεκίνησα προς την κατεύθυνση που έδειχνε η φωνή. Τι με περιμένει; Ας συνεχίσουμε μαζί, αναγνώστη.

Η νύχτα ήταν κρύα και η επίμονη φωνή παρέμεινε στο μυαλό μου. Υπήρχε ένα είδος περίεργης σύνδεσης μεταξύ μας. Είχα ήδη περπατήσει λίγα μέτρα έξω από την καλύβα, αλλά φαινόταν να είναι μίλια από την κούραση που ένιωθε το σώμα μου. Οι οδηγίες που έλαβα νοερά με καθοδήγησαν στο σκοτάδι. Ένα μείγμα κούρασης, φόβου για το άγνωστο και περιέργειας με έλεγχε. Ποιανού παράξενη φωνή ήταν αυτή; Τι ήθελε μαζί μου; Το βουνό και τα μυστικά του... Από τότε που γνώρισα το βουνό, έμαθα να το σέβομαι. Ο φύλακας και τα μυστήριά της, οι προκλήσεις που έπρεπε να αντιμετωπίσω, η συνάντηση με το φάντασμα. όλα έγιναν ξεχωριστά. Δεν ήταν το ψηλότερο στα βορειοανατολικά ή ακόμα και το πιο εντυπωσιακό, αλλά ήταν ιερό. Οι μύθοι του γιατρού και τα όνειρά μου με οδήγησαν σε αυτό. Θέλω να κερδίσω όλες τις προκλήσεις, να μπω στη σπηλιά και να κάνω το αίτημά μου. Θα είμαι ένας αλλαγμένος άνθρωπος. Επιπλέον, δεν θα είμαι πλέον μόνο εγώ, αλλά θα είμαι ο άνθρωπος που θα ξεπεράσει τη σπηλιά και τη φωτιά της. Θυμάμαι καλά τα λόγια του φύλακα, να μην εμπιστεύομαι πάρα πολύ. Θυμάμαι τα λόγια του Ιησού που είπε:

" Αυτός που πίστεψε σε μένα θα έχει αιώνια ζωή.

Οι κίνδυνοι που ενέχουν δεν θα με κάνουν να παραιτηθώ από τα όνειρά μου. Με αυτή τη σκέψη είμαι όλο και πιο πιστός. Η φωνή γίνεται όλο και πιο δυνατή. Νομίζω ότι φτάνω στον προορισμό μου. Ακριβώς μπροστά, βλέπω μια καλύβα. Η φωνή μου λέει να πάω εκεί.

Η καλύβα και η φωτιά της βρίσκονται σε ένα ευρύχωρο, επίπεδο μέρος. Ένα νεαρό, ψηλό, λεπτό κορίτσι με σκούρα μαλλιά ψήνει ένα είδος σνακ στη φωτιά.

«Έτσι, φτάσατε. Ήξερα ότι θα απαντούσατε στην κλήση μου.

«Ποιος είσαι εσύ; Τι θέλεις από μένα;

«Είμαι ένας άλλος ονειροπόλος που θέλει να μπει στη σπηλιά.

«Ποιες ειδικές δυνάμεις έχεις να μου φωνάξεις με το μυαλό σου;

«Είναι τηλεπάθεια, ανόητη. Δεν είστε εξοικειωμένοι με αυτό;

«Το έχω ακούσει. Θα μπορούσατε να με διδάξετε;

«Θα μάθετε μια μέρα, αλλά όχι από μένα. Πες μου ποιο όνειρο σε φέρνει εδώ;

«Πριν από όλα, το όνομά μου είναι Άλντιβαν. Ανέβηκα στο βουνό με την ελπίδα να βρω τις αντίπαλες δυνάμεις μου. Θα καθορίσουν το πεπρωμένο μου. Όταν κάποιος μπορεί να ελέγξει τις αντίπαλες δυνάμεις του, θα είναι σε θέση να κάνει θαύματα. Αυτό είναι που χρειάζομαι για να πραγματοποιήσω το όνειρό μου να εργαστώ σε έναν τομέα που απολαμβάνω και με αυτό, θα κάνω πολλές ψυχές να ονειρεύονται. Θέλω να πάω στη σπηλιά όχι μόνο για μένα αλλά για ολόκληρο το σύμπαν που μου έχει προσφέρει αυτά τα δώρα. Θα έχω τη θέση μου στον κόσμο και έτσι θα είμαι ευτυχισμένος.

«Το όνομά μου είναι Νάντια. Είμαι κάτοικος της ακτής της πολιτείας Περναμπούκο. Στη γη μου έχω ακούσει να γίνεται λόγος για αυτό το θαυματουργό βουνό και τη σπηλιά του. Αμέσως με ενδιέφερε να κάνω το ταξίδι εδώ, παρόλο που νόμιζα ότι όλα ήταν απλώς ένας θρύλος. Μάζεψα τα πράγματά μου, έφυγα, έφτασα στο Μιμόζο και ανέβηκα στο βουνό. Χτύπησα το τζάμπο. Τώρα που είμαι εδώ, θα πάω στη σπηλιά και θα εκπληρώσω την επιθυμία μου. Θα είμαι μια μεγάλη Θεά, στολισμένη με δύναμη και πλούτη. Όλοι θα με εξυπηρετήσουν. Το όνειρό σας είναι απλά ανόητο. Γιατί να ζητήσουμε λίγο αν μπορούμε να έχουμε τον κόσμο;

«Κάνετε λάθος. Το σπήλαιο δεν κάνει μικρά θαύματα. Θα αποτύχετε. Ο κηδεμόνας δεν θα σας επιτρέψει να εισέλθετε. Για να μπείτε στη σπηλιά, πρέπει να κερδίσετε τρεις προκλήσεις. Έχω ήδη κατακτήσει δύο από τα στάδια. Πόσα έχετε κερδίσει;

«Πόσο χαζός, προκαλεί και κηδεμόνες. Το σπήλαιο σέβεται μόνο τους πιο δυνατούς και πιο σίγουρους. Θα πετύχω τις επιθυμίες μου αύριο και κανείς δεν θα με σταματήσει, ακούς;

«Ξέρετε καλύτερα. Όταν το μετανιώσετε, θα είναι πολύ αργά; Λοιπόν, υποθέτω ότι θα πάω. Χρειάζομαι λίγη ξεκούραση γιατί είναι αργά. Όσο για σένα, δεν μπορώ να σου ευχηθώ καλή τύχη στη σπηλιά γιατί θέλεις να είσαι μεγαλύτερος από τον ίδιο τον Θεό. Όταν οι άνθρωποι φτάσουν σε αυτό το σημείο, καταστρέφουν τον εαυτό τους.

«Ανοησίες, είστε όλοι λόγια. Τίποτα δεν θα με κάνει να επιστρέψω στην απόφασή μου.

Βλέποντας ότι ήταν ανένδοτη, τα παράτησα, νιώθοντας λύπη γη 'αυτήν. Πώς μπορούν οι άνθρωποι να γίνονται τόσο μικροπρεπείς κάθε τόσο; Ο άνθρωπος είναι άξιος μόνο όταν αγωνίζεται για τα δίκαια και ισότιμα ιδανικά. Περπατώντας στο μονοπάτι, θυμήθηκα τις φορές που έχω αδικηθεί, είτε ήταν από μια άσχημη εξέταση είτε ακόμα και από την παραμέληση των άλλων. Με κάνει δυστυχισμένο. Συν τοις άλλους, η οικογένειά μου είναι εντελώς ενάντια στο όνειρό μου και δεν πιστεύει σε μένα. Πονάει. Μια μέρα, θα δουν τη λογική και θα δουν ότι τα όνειρα μπορούν να είναι δυνατά. Εκείνη την ημέρα θα τραγουδήσω τη νίκη μου και θα δοξάσω τον Δημιουργό. Μου έδωσε τα πάντα και απαιτούσε μόνο από μένα να μοιραστώ τα δώρα μου γιατί, όπως λέει η Αγία Γραφή, μην ανάβεις ένα λυχνάρι και το βάζεις κάτω από το τραπέζι. Αντίθετα, βάλτε το στην κορυφή για να το χειροκροτήσουν όλοι και να φωτιστούν. Το μονοπάτι σπάει και αμέσως βλέπω την καλύβα που μου έχει κοστίσει τόσο πολύ ιδρώτα για να χτίσω. Πρέπει να πάω για ύπνο γιατί αύριο είναι μια άλλη μέρα και έχω σχέδια για μένα και για τον κόσμο. Καληνύχτα, αναγνώστες. Μέχρι το επόμενο κεφάλαιο...

Ο τρόμος

Μια νέα μέρα ξεκινά. Το φως εμφανίζεται, το αεράκι του πρωινού χαϊδεύει τα μαλλιά, τα πουλιά και τα έντομα μου γιορτάζουν και η βλάστηση φαίνεται να ξαναγεννιέται. Συμβαίνει κάθε μέρα. Τρίβω τα μάτια μου, πλένω το πρόσωπό μου, βουρτσίζω τα δόντια μου και κάνω μπάνιο. Αυτή είναι η ρουτίνα μου πριν από το πρωινό. Το δάσος δεν προσφέρει ούτε πλεονεκτήματα ούτε επιλογές. Δεν το έχω συνηθίσει αυτό. Η μητέρα μου με χάλασε σε σημείο να μου σερβίρει τον καφέ μου. Τρώω το πρωινό μου σιωπηλά, αλλά κάτι βαραίνει στο μυαλό μου. Ποια θα είναι η τρίτη και τελευταία πρόκληση; Τι θα μου συμβεί στη σπηλιά; Υπάρχουν τόσες πολλές ερωτήσεις χωρίς απαντήσεις, που με ζαλίζει. Το πρωί εξελίσσεται και μαζί του το ίδιο κάνουν και οι παλμοί, οι φόβοι και τα ρίγη μου. Ποιος ήμουν τώρα; Σίγουρα, δεν είναι το ίδιο. Ανέβηκα σε ένα ιερό βουνό ψάχνοντας για ένα πεπρωμένο που ούτε εγώ ήξερα. Βρήκα τον φύλακα και ανακάλυψα νέες αξίες και έναν κόσμο μεγαλύτερο από ό, τι φανταζόμουν ποτέ ότι υπήρχε πριν. Επιπλέον, κέρδισα δύο προκλήσεις και τώρα έπρεπε να αντιμετωπίσω μόνο την τρίτη. Μια ανατριχιαστική τρίτη πρόκληση που ήταν απόμακρη και άγνωστη. Τα φύλλα γύρω από την καλύβα κινούνται όλο και πιο ελαφρά. Έχω μάθει να καταλαβαίνω τη φύση και τα σήματά της. Κάποιος πλησιάζει.

«Γεια σας! Είσαι εκεί;

Πήδηξα, άλλαξα την κατεύθυνση του βλέμματός μου και συλλογίστηκα τη μυστηριώδη φιγούρα του φύλακα. Φαίνεται πιο ευτυχισμένη και ακόμη και ρόδινη παρά την προφανή ηλικία της.

«Είμαι εδώ, όπως μπορείτε να δείτε. Τι νέα μου φέρατε;

«Όπως γνωρίζετε, σήμερα, έρχομαι να ανακοινώσω την τρίτη και τελευταία σας πρόκληση. Θα πραγματοποιηθεί την έβδομη ημέρα σας εδώ στο βουνό, επειδή αυτός είναι ο μέγιστος χρόνος που ένας θνητός μπορεί να παραμείνει εδώ. Είναι απλό και αποτελείται από τα εξής: Σκοτώστε τον πρώτο άνθρωπο ή θηρίο που συναντάτε φεύγοντας από την καλύβα σας την ίδια μέρα. Διαφορετικά, δεν θα έχετε το δικαίωμα να μπείτε στη σπηλιά που σας ικανοποιεί τις βαθύτερες επιθυμίες σας. Τι λέτε; Δεν είναι εύκολο;

«Πώς ναι; Σκοτώνω; Μοιάζω με δολοφόνο;

«Είναι ο μόνος τρόπος για να μπεις στη σπηλιά. Προετοιμαστείτε γιατί υπάρχουν μόνο δύο μέρες και...

Ένας σεισμός μεγέθους 3,7 βαθμών της κλίμακας Ρίχτερ ταρακουνά ολόκληρη την κορυφή του βουνού. Ο τρόμος με ζαλίζει και νομίζω ότι θα λιποθυμήσω. Όλο και περισσότερες σκέψεις έρχονται στο μυαλό. Νιώθω τη δύναμή μου να εξαντλείται και νιώθω χειροπέδες που ασφαλίζουν με δύναμη τα χέρια και τα πόδια μου. Γρήγορα, βλέπω τον εαυτό μου ως σκλάβο, που εργάζεται σε χωράφια που κυριαρχούνται από αφέντες. Βλέπω τα δεσμά, το αίμα και ακούω τις κραυγές των συντρόφων μου. Βλέπω τον πλούτο, την υπερηφάνεια και την προδοσία των συνταγματαρχών. Επιπλέον, βλέπω επίσης την κραυγή της ελευθερίας και της δικαιοσύνης για τους καταπιεσμένους. Ω, πώς ο κόσμος είναι άδικος! Ενώ μερικοί κερδίζουν, άλλοι αφήνονται να σαπίσουν, ξεχασμένοι. Οι χειροπέδες σπάνε. Είμαι εν μέρει ελεύθερος. Εξακολουθώ να κάνω διακρίσεις, να μισούμαι και να αδικούμαι. Επιπλέον, εξακολουθώ να βλέπω το κακό των λευκών ανδρών που με αποκαλούν «μαύρος». Εξακολουθώ να αισθάνομαι κατώτερος. Και πάλι, ακούω τις κραυγές της κραυγής, αλλά τώρα η φωνή είναι καθαρή, απότομη και γνωστή. Ο τρόμος εξαφανίζεται και σιγά-σιγά ανακτώ τις αισθήσεις μου. Κάποιος με σηκώνει. Ακόμα λίγο γοητευμένος, αναφωνώ:

«Τι συνέβη;

Ο φύλακας, με δάκρυα στα μάτια, δεν φαίνεται να βρίσκει απάντηση.

«Γιε μου, η σπηλιά μόλις κατέστρεψε μια άλλη ψυχή. Παρακαλώ κερδίστε την τρίτη πρόκληση και νικήστε αυτή την κατάρα. Το σύμπαν συνωμοτεί για τη νίκη σας.

«Δεν ξέρω πώς να κερδίσω. Μόνο το φως του δημιουργού μπορεί να φωτίσει τις σκέψεις και τις πράξεις μου. Εγγυώμαι ότι δεν πρόκειται να εγκαταλείψω τα όνειρά μου εύκολα.

«Εμπιστεύομαι εσάς και την εκπαίδευση που έχετε λάβει. Καλή τύχη, Παιδί του Θεού! Τα λέμε σύντομα!

Τούτου δεχθέντος, η παράξενη κυρία αναχώρησε και διαλύθηκε σε μια ρουφηξιά καπνού. Τώρα ήμουν μόνος και έπρεπε να προετοιμαστώ για την τελική πρόκληση.

Μια μέρα πριν από την τελευταία πρόκληση

Έχουν περάσει έξι μέρες από τότε που ανέβηκα στο βουνό. Όλη αυτή η περίοδος προκλήσεων και εμπειριών με έκανε να μεγαλώσω πολύ. Μπορώ να καταλάβω πιο εύκολα τη φύση, τον εαυτό μου και τους άλλους. Η φύση βαδίζει προς το ρυθμό της και αντιτίθεται στις αξιώσεις των ανθρώπων. Αποψιλώνουμε τα δάση, μολύνουμε τα νερά και απελευθερώνουμε αέρια στην ατμόσφαιρα. Τι αποκομίζουμε από αυτό; Τι έχει πραγματικά σημασία για εμάς, τα χρήματα ή την επιβίωσή μας; Οι συνέπειες είναι εκεί: Υπερθέρμανση του πλανήτη, μείωση της χλωρίδας και της πανίδας, φυσικές καταστροφές. Δεν βλέπει ο άνθρωπος ότι για όλα αυτά φταίει ο ίδιος; Υπάρχει ακόμα χρόνος. Υπάρχει χρόνος για ζωή. Κάντε αυτό που σας αναλογεί: Εξοικονομήστε νερό και ενέργεια, ανακυκλώστε τα απόβλητα, μην ρυπαίνετε το περιβάλλον. Απαιτήστε από την κυβέρνησή σας να δεσμευτεί σε περιβαλλοντικά ζητήματα. Είναι το λιγότερο που μπορούμε να κάνουμε για τον εαυτό μας και για τον κόσμο. Επιστρέφοντας στην περιπέτειά μου, μόλις ανέβηκα στο βουνό, κατάλαβα καλύτερα τις επιθυμίες μου και τα όριά μου. Κατάλαβα ότι τα όνειρα γίνονται δυνατά μόνο αν είναι ευγενή και δίκαια. Η σπηλιά είναι δίκαιη και αν κερδίσω την τρίτη πρόκληση, θα κάνει το όνειρό μου πραγματικότητα. Όταν κέρδισα την πρώτη και τη δεύτερη πρόκληση, κατάλαβα καλύτερα τις επιθυμίες των άλλων. Οι περισσότεροι άνθρωποι ονειρεύονται να έχουν πλούτη, κοινωνικό κύρος και υψηλά επίπεδα διοίκησης. Δεν βλέπουν πλέον τι είναι καλύτερο στη ζωή: Επαγγελματική επιτυχία, αγάπη και ευτυχία. Αυτό που κάνει τον άνθρωπο εξαιρετικό είναι οι ιδιότητές του που λάμπουν μέσα από το έργο του. Η εξουσία, ο πλούτος και η κοινωνική επίδειξη δεν κάνουν κανέναν ευτυχισμένο. Αυτό είναι που ψάχνω στο ιερό βουνό: Ευτυχία και πλήρης τομέας των «αντίπαλων δυνάμεων». Πρέπει να βγω για λίγο. Βήμα, τα πόδια μου με οδηγούν έξω από την καλύβα που έχτισα. Ελπίζω σε ένα σημάδι πεπρωμένου.

Ο ήλιος θερμαίνεται, ο άνεμος δυναμώνει και δεν εμφανίζεται κανένα σημάδι. Πώς θα κερδίσω την τρίτη πρόκληση; Πώς θα ζήσω με την αποτυχία αν δεν είμαι σε θέση να πραγματοποιήσω το όνειρό μου; Προσπαθώ να βγάλω τις αρνητικές σκέψεις από το μυαλό μου, αλλά ο φόβος είναι ισχυρότερος. Ποιος ήμουν πριν ανέβω στο βουνό; Ένας νέος άνδρας, εντελώς ανασφαλής, φοβισμένος να αντιμετωπίσει τον κόσμο και τους ανθρώπους του. Ένας νεαρός άνδρας που είναι μια μέρα αγωνίστηκε στο δικαστήριο για τα δικαιώματά του, αλλά δεν παραχωρήθηκαν. Το μέλλον μου έδειξε ότι αυτό ήταν το καλύτερο. Περιστασιακά, κερδίζουμε χάνοντας. Η ζωή με έχει διδάξει αυτό. Μερικά πουλιά ουρλιάζουν γύρω μου. Φαίνεται να καταλαβαίνουν την ανησυχία μου. Αύριο θα είναι μια νέα μέρα, η έβδομη στην κορυφή του βουνού. Το πεπρωμένο μου ρισκάρει με αυτή την τρίτη πρόκληση. Προσευχηθείτε, αναγνώστες, για να μπορέσω να κερδίσω.

Η τρίτη πρόκληση

Εμφανίζεται μια νέα μέρα. Η θερμοκρασία είναι ευχάριστη και ο ουρανός είναι μπλε σε όλη την απεραντοσύνη του. Νωχελικά, σηκώνομαι, τρίβοντας τα νυσταγμένα μάτια μου. Η μεγάλη μέρα έφτασε και είμαι προετοιμασμένος γι' αυτό. Πριν από οτιδήποτε, πρέπει να ετοιμάσω το πρωινό μου. Με τα συστατικά που κατάφερα να βρω την προηγούμενη μέρα, δεν θα είναι τόσο σπάνιο. Ετοιμάζω το τηγάνι και αρχίζω να ραγίζω ανοίγοντας τα ορεκτικά αυγά κοτόπουλου. Το λίπος πιτσιλίζει και σχεδόν χτυπάει το μάτι μου. Πόσες φορές στη ζωή, οι άλλοι φαίνεται να μας πληγώνουν με τις ανησυχίες τους; Τρώω το πρωινό μου, ξεκουράζομαι λίγο και προετοιμάζω τη στρατηγική μου. Η τρίτη πρόκληση φαίνεται να είναι κάθε άλλο παρά εύκολη. Το να σκοτώνεις για μένα είναι αδιανόητο. Λοιπόν, ακόμα κι έτσι, θα πρέπει να το αντιμετωπίσω. Με αυτό το ψήφισμα, αρχίζω να περπατάω και σύντομα βγαίνω από την καλύβα. Η τρίτη πρόκληση ξεκινά εδώ και προετοιμάζομαι γι' αυτήν. Παίρνω το πρώτο μονοπάτι και αρχίζω να περπατάω. Τα δέντρα δίπλα στο δρόμο του μονοπατιού είναι πλατιά με βαθιές ρίζες. Τι πραγματικά ψάχνω; Επιτυχία, νίκη και επίτευγμα. Ωστόσο, δεν θα κάνω τίποτα που να αντιβαίνει στις αρχές μου. Η φήμη μου προηγείται της φήμης, της επιτυχίας και της δύναμης. Η τρίτη πρόκληση με ενοχλεί. Η θανάτωση για μένα είναι έγκλημα, ακόμα κι αν είναι μόνο ένα ζώο. Από την άλλη, θέλω να μπω στη σπηλιά και να κάνω το αίτημά μου. Αυτό αντιπροσωπεύει δύο «αντίθετες δυνάμεις» ή «αντίθετες διαδρομές».

Παραμένω στο μονοπάτι και προσεύχομαι να μην βρω τίποτα. Ποιος ξέρει, ίσως η τρίτη πρόκληση να απορριφθεί. Δεν νομίζω ότι ο φύλακας θα ήταν τόσο γενναιόδωρος. Οι κανόνες πρέπει να ακολουθούνται από όλους. Σταματώ λίγο και δεν μπορώ να πιστέψω τη σκηνή που βλέπω: ένα Ιαγουάρος και τα τρία μικρά του, που πασχίζουν γύρω μου. Αυτό ήταν. Δεν θα σκοτώσω τη μητέρα τριών μικρών. Δεν έχω την καρδιά. Αντίο επιτυχία, αντίο σπηλιά της απελπισίας. Αρκετά όνειρα. Δεν ολοκλήρωσα την τρίτη πρόκληση και φεύγω. Θα επιστρέψω στο σπίτι μου και στους αγαπημένους μου. Βιαστικά, επιστρέφω στην καμπίνα για να συσκευάσω τις αποσκευές μου. Δεν ολοκληρώνω την τρίτη πρόκληση.

Η καμπίνα είναι κατεδαφισμένη. Ποιο είναι το νόημα όλων αυτών; Ένα χέρι αγγίζει ελαφρά τον ώμο μου. Κοιτάζω πίσω και βλέπω τον κηδεμόνα.

«Τα συγχαρητήριά μου, αγαπητέ! Έχετε εκπληρώσει την πρόκληση και τώρα έχετε το δικαίωμα να μπείτε στη σπηλιά της απελπισίας. Κερδίσατε!

Η δυνατή αγκαλιά που μου μετέδωσε τότε με άφησε ακόμα πιο μπερδεμένη. Τι έλεγε αυτή η γυναίκα; Το όνειρό μου και η σπηλιά θα μπορούσαν τελικά να βρεθούν; Δεν το πίστευα.

«Τι εννοείς; Δεν ολοκλήρωσα την τρίτη πρόκληση. Κοιτάξτε τα χέρια μου: Είναι καθαρά. Δεν θα λεκιάσω το όνομά μου με αίμα.

«Δεν ξέρεις; Πιστεύετε ότι ένα παιδί του Θεού θα ήταν ικανό για μια τέτοια θηριωδία όπως αυτή που ρώτησα; Δεν έχω καμία αμφιβολία ότι είστε αρκετά άξιοι για να πραγματοποιήσετε τα όνειρά σας, αν και μπορεί να χρειαστεί λίγος χρόνος για να γίνουν πραγματικότητα. Η τρίτη πρόκληση σας αξιολόγησε διεξοδικά και επιδείξατε άνευ όρων αγάπη για τα πλάσματα του Θεού. Αυτό είναι το πιο σημαντικό πράγμα για έναν άνθρωπο. Και κάτι ακόμα: Μόνο μια αγνή καρδιά θα επιβιώσει από το σπήλαιο. Κρατήστε την καρδιά σας και τις σκέψεις σας καθαρές για να την ξεπεράσετε.

«Σ' ευχαριστώ, Θεέ μου! Σας ευχαριστώ, ζωή, για αυτή την ευκαιρία. Υπόσχομαι να μην σας απογοητεύσω.

Το συναίσθημα με κυρίευσε όπως ποτέ πριν ανέβω στο βουνό. Ήταν το σπήλαιο ικανό να κάνει θαύματα; Ήμουν έτοιμος να το μάθω.

Το Σπήλαιο της Απελπισίας

Αφού κέρδισα την τρίτη πρόκληση ήμουν έτοιμος να μπω στη φοβερή σπηλιά της απελπισίας, τη σπηλιά που πραγματοποιεί αδύνατα όνειρα. Ήμουν ένας ακόμη ονειροπόλος που επρόκειτο να δοκιμάσει την τύχη του. Από τότε που ανέβηκα στο βουνό, δεν ήμουν πλέον ο ίδιος. Τώρα ήμουν σίγουρος για τον εαυτό μου και για το υπέροχο σύμπαν που με κρατούσε. Η προηγούμενη αγκαλιά που μου έδωσε η παράξενη γυναίκα με άφησε επίσης πιο χαλαρή. Τώρα ήταν εκεί δίπλα μου και με στήριζε με κάθε τρόπο. Αυτή ήταν η υποστήριξη που δεν πήρα ποτέ από τους αγαπημένους μου. Η αχώριστη βαλίτσα μου είναι κάτω από το χέρι μου. Ήταν καιρός να αποχαιρετήσω αυτό το βουνό και τα μυστήριά του. Οι προκλήσεις, ο φύλακας, το φάντασμα, το νεαρό κορίτσι και το ίδιο το βουνό που έμοιαζε να είναι ζωντανό, όλα με βοήθησαν να μεγαλώσω. Ήμουν έτοιμος να φύγω και να αντιμετωπίσω τη φοβερή σπηλιά. Ο φύλακας είναι δίπλα μου και θα με συνοδεύσει σε αυτό το ταξίδι μέχρι την είσοδο του σπηλαίου. Φεύγουμε γιατί ο ήλιος ήδη κατεβαίνει προς τον ορίζοντα. Τα σχέδιά μας είναι σε απόλυτη αρμονία. Η βλάστηση γύρω από το μονοπάτι που έχουμε διανύσει και ο θόρυβος των ζώων κάνουν το περιβάλλον πολύ αγροτικό. Η σιωπή του φύλακα καθ' όλη τη διάρκεια της πορείας φαίνεται να προμηνύει τους κινδύνους που περικλείει η σπηλιά. Σταματάμε λίγο. Οι φωνές του βουνού φαίνεται να θέλουν να μου πουν κάτι. Δράττομαι της ευκαιρίας για να σπάσω τη σιωπή.

«Μπορώ να ρωτήσω κάτι; Ποιες είναι αυτές οι φωνές που με βασανίζουν τόσο πολύ;

«Ακούς φωνές. Ενδιαφέρων. Το ιερό βουνό έχει τη μαγική ικανότητα να επανενώσεις όλες τις ονειρεμένες καρδιές. Μπορείτε να νιώσετε αυτές τις μαγικές δονήσεις και να τις ερμηνεύσετε. Ωστόσο, μην τους δίνετε μεγάλη προσοχή γιατί μπορεί να σας οδηγήσουν σε αποτυχία. Προσπαθήστε να επικεντρωθείτε στις δικές σας σκέψεις και η δραστηριότητά τους θα είναι μικρότερη. Πρόσεχε. Το σπήλαιο μπορεί να εντοπίσει τις αδυναμίες σας και να τις χρησιμοποιήσει εναντίον σας.

«Υπόσχομαι να φροντίσω τον εαυτό μου. Δεν ξέρω τι με περιμένει στη σπηλιά, αλλά έχω πίστη ότι τα διαφωτιστικά πνεύματα θα με βοηθήσουν. Διακυβεύεται το πεπρωμένο μου και σε κάποιο βαθμό και το πεπρωμένο του υπόλοιπου κόσμου.

«Εντάξει, έχουμε ξεκουραστεί αρκετά. Ας συνεχίσουμε να περπατάμε γιατί δεν θα αργήσουμε μέχρι τη δύση του ηλίου. Το σπήλαιο πρέπει να είναι περίπου ένα τέταρτο του μιλίου από εδώ.

Το βουητό των βημάτων συνεχίζεται. Ένα τέταρτο του μιλίου χώριζε το όνειρό μου από την πραγματοποίησή του. Βρισκόμαστε στη δυτική πλευρά της κορυφής του βουνού όπου οι άνεμοι είναι όλο και πιο ισχυροί. Το βουνό και τα μυστήριά του... Νομίζω ότι δεν θα το μάθω ποτέ πλήρως. Τι με ώθησε να ανέβω; Η υπόσχεση του αδύνατου να γίνει δυνατό και τα ένστικτα του τυχοδιώκτη και του προσκοπισμού μου. Ό,τι ήταν δυνατό και μια καθημερινότητα με σκότωναν. Τώρα ένιωθα ζωντανός και έτοιμος να ξεπεράσω τις προκλήσεις. Το σπήλαιο πλησιάζει. Μπορώ ήδη να δω την είσοδό του. Φαίνεται επιβλητικό, αλλά δεν αποθαρρύνομαι. Μια σειρά από σκέψεις εισβάλλουν σε ολόκληρη την ύπαρξή μου. Πρέπει να ελέγξω τα νεύρα μου. Θα μπορούσαν να με προδώσουν εγκαίρως. Ο φύλακας δίνει σήμα να σταματήσει. Υπακούω.

«Αυτό είναι το πιο κοντινό που μπορώ να φτάσω στη σπηλιά. Ακούστε καλά τι πρόκειται να πω γιατί δεν θα το επαναλάβω: Πριν μπείτε, προσευχηθείτε έναν Πατέρα μας για τον φύλακα άγγελό σας. Θα σας προστατεύσει από τους κινδύνους. Όταν εισάγετε, προχωρήστε με προσοχή για να μην πέσετε σε παγίδες. Αφού ταξιδέψετε στον κεντρικό διάδρομο του σπηλαίου, ένα ορισμένο χρονικό διάστημα, θα συναντήσετε τρεις επιλογές: Ευτυχία, αποτυχία και φόβο. Διάλεξε την ευτυχία. Αν επιλέξετε την αποτυχία, θα παραμείνετε ένας φτωχός τρελός που συνήθιζε να ονειρεύεται. Αν επιλέξετε να φοβάστε , θα χάσετε εντελώς τον εαυτό σας. Η ευτυχία δίνει πρόσβαση σε δύο ακόμη σενάρια που μου είναι άγνωστα. Θυμηθείτε: Μόνο ο καθαρός της καρδιάς μπορεί να επιβιώσει από το σπήλαιο. Να είστε σοφοί και να εκπληρώσετε το όνειρό σας.

«Καταλαβαίνω. Η στιγμή που περίμενα από τότε που ανέβηκα στο βουνό έφτασε. Σας ευχαριστώ, φύλακα, για όλη την υπομονή και τον ζήλο σας μαζί μου. Δεν θα ξεχάσω ποτέ εσένα ή τις στιγμές που περάσαμε μαζί.

Η αγωνία έπιασε την καρδιά μου καθώς την αποχαιρέτησα. Τώρα ήμουν μόνο εγώ και η σπηλιά, μια μονομαχία που θα άλλαζε την ιστορία του κόσμου και τη δική μου. Το κοιτάζω δεξιά και παίρνω τον φακό μου από τη βαλίτσα μου για να φωτίσω το μονοπάτι. Είμαι έτοιμος να μπω. Τα πόδια μου φαίνονται παγωμένα μπροστά σε αυτόν τον γίγαντα. Πρέπει να συγκεντρώσω τη δύναμη για να συνεχίσω το μονοπάτι. Είμαι Βραζιλιάνος και ποτέ, μα ποτέ δεν τα παρατάω. Επιπλέον, κάνω τα πρώτα μου βήματα και έχω την παραμικρή αίσθηση ότι κάποιος με συνοδεύει. Εκτός αυτού, νομίζω ότι είμαι εξαιρετικός στον Θεό. Μου φέρεται σαν να ήμουν γιος του. Τα βήματά μου αρχίζουν να επιταχύνονται και τελικά μπαίνω στη σπηλιά. Η αρχική γοητεία είναι συντριπτική, αλλά πρέπει να είμαι προσεκτικός λόγω των παγίδων. Η υγρασία του αέρα είναι υψηλή και το κρύο έντονο. Σταλακτίτες και σταλαγμίτες γεμίζουν σχεδόν παντού γύρω μου. Έχω πάει περίπου πενήντα μέτρα μέσα και τα ρίγη αρχίζουν να μου προκαλούν ανατριχίλα σε όλο μου το σώμα. Όλα όσα έχω περάσει πριν ανέβω στο βουνό αρχίζουν να έρχονται στο μυαλό μου: Οι ταπεινώσεις, οι αδικίες και ο φθόνος των άλλων. Φαίνεται ότι κάθε ένας από τους εχθρούς μου είναι μέσα σε αυτή τη σπηλιά, περιμένοντας την καλύτερη στιγμή για να μου επιτεθεί. Με ένα θεαματικό άλμα, ξεπέρασα την πρώτη παγίδα. Η φωτιά της σπηλιάς σχεδόν με καταβρόχθισε. Η Νάντια δεν ήταν τόσο τυχερή. Προσκολλημένος σε έναν σταλακτίτη από το ταβάνι που ως εκ θαύματος υπέμεινε το βάρος μου, κατάφερα να επιβιώσω. Πρέπει να κατέβω και να συνεχίσω το ταξίδι μου προς το άγνωστο. Τα βήματά μου επιταχύνονται, αλλά με προσοχή. Οι περισσότεροι άνθρωποι σπεύδουν, σπεύδουν να κερδίσουν ή να ολοκληρώσουν στόχους. Η φανταστική ευκινησία μόλις με έσωσε από μια δεύτερη παγίδα. Αμέτρητα δόρατα ήταν στρυμωγμένα προς το μέρος μου. Ένας από αυτούς ήρθε τόσο κοντά όσο για να γρατσουνίσει το πρόσωπό μου. Η σπηλιά θέλει να με καταστρέψει. Πρέπει να είμαι πιο προσεκτικός από εδώ και πέρα. Έχει περάσει περίπου μία ώρα από τότε που μπήκα στη σπηλιά, και ακόμα, δεν έχω φτάσει στο σημείο για το οποίο μίλησε ο φύλακας. Θα έπρεπε να είμαι κοντά. Τα βήματά μου συνεχίζονται, επιταχύνονται και η καρδιά μου δίνει ένα προειδοποιητικό σημάδι. Περιστασιακά, δεν δίνουμε προσοχή στα σημάδια που δίνει το σώμα μας. Τότε συμβαίνει η αποτυχία και η απογοήτευση. Ευτυχώς, αυτό δεν ισχύει για μένα. Ακούω έναν πολύ δυνατό θόρυβο να έρχεται προς την κατεύθυνσή μου. Αρχίζω να τρέχω. Σε λίγα λεπτά, συνειδητοποιώ ότι με κυνηγάει μια γιγαντιαία πέτρα που πέφτει με μεγάλη ταχύτητα. Τρέχω για λίγο και με μια ξαφνική κίνηση, μπορώ να ξεφύγω από το βράχο, βρίσκοντας καταφύγιο στην πλευρά της σπηλιάς. Όταν περάσει η πέτρα, το

ΑΝΤΊΘΕΤΕΣ ΠΛΕΥΡΈΣ

μπροστινό μέρος του σπηλαίου κλείνει και στη συνέχεια ακριβώς μπροστά εμφανίζονται τρεις πόρτες. Αντιπροσωπεύουν την ευτυχία, την αποτυχία και τον φόβο. Αν επιλέξω την αποτυχία, δεν θα είμαι ποτέ τίποτα άλλο παρά ένας φτωχός τρελός που είναι ένας ονειροπόλος για να γίνει συγγραφέας. Οι άνθρωποι θα με λυπηθούν. Αν επιλέξω να φοβηθώ, δεν θα μεγαλώσω ποτέ ούτε θα γίνω γνωστός από τον κόσμο. Θα μπορούσα να πιάσω πάτο και να χάσω τον εαυτό μου για πάντα. Αν επιλέξω την ευτυχία, θα συνεχίσω με το όνειρό μου και θα περάσω στο δεύτερο σενάριο.

Υπάρχουν τρεις επιλογές: Μια πόρτα προς τα δεξιά, προς τα αριστερά και μία στη μέση. Κάθε ένα από αυτά αντιπροσωπεύει μία από τις επιλογές: Ευτυχία, αποτυχία ή φόβος. Πρέπει να κάνω τη σωστή επιλογή. Έχω μάθει με τον καιρό να ξεπερνώ τους φόβους μου: Φόβος για το σκοτάδι, φόβος να είμαι μόνος και φόβος για το άγνωστο. Επιπλέον, δεν φοβάμαι την επιτυχία ή το μέλλον. Ο φόβος πρέπει να αντιπροσωπεύει την πόρτα στα δεξιά. Η αποτυχία είναι το αποτέλεσμα του κακού σχεδιασμού. Έχω αποτύχει μερικές φορές, αλλά αυτό δεν με έκανε να εγκαταλείψω τους στόχους μου. Η αποτυχία θα πρέπει να χρησιμεύσει ως μάθημα για μια μεταγενέστερη νίκη. Η αστοχία πρέπει να αντιπροσωπεύει την πόρτα στα αριστερά. Τέλος, η μεσαία πόρτα πρέπει να αντιπροσωπεύει την ευτυχία, επειδή οι δίκαιοι δεν στρέφονται ούτε προς τα δεξιά ούτε προς τα αριστερά. Η δικαιοσύνη είναι πάντα ευτυχισμένη. Μαζεύω τη δύναμή μου και διαλέγω την πόρτα στη μέση. Με το άνοιγμά του έχω άφθονη πρόσβαση σε ένα σαλόνι και στην οροφή είναι γραμμένο το όνομα Ευτυχία. Στο κέντρο υπάρχει ένα κλειδί που δίνει πρόσβαση σε μια άλλη πόρτα. Πραγματικά είχα δίκιο. Εκπλήρωσα το πρώτο βήμα. Αυτό μου αφήνει άλλα δύο. Παίρνω το κλειδί και το δοκιμάζω στην πόρτα. Ταιριάζει απόλυτα. Ανοίγω την πόρτα. Μου δίνει πρόσβαση σε μια νέα γκαλερί. Αρχίζω να το κατεβαίνω. Ένα πλήθος σκέψεων πλημμυρίζει το μυαλό μου: Ποιες θα είναι οι νέες παγίδες που πρέπει να αντιμετωπίσω; Σε τι είδους σενάριο θα με οδηγήσει αυτή η γκαλερί; Υπάρχουν πολλά αναπάντητα ερωτήματα. Συνεχίζω να περπατάω και η αναπνοή μου γίνεται τεταμένη επειδή ο αέρας είναι όλο και πιο σπάνιος. Έχω ήδη πάει περίπου το ένα δέκατο του μιλίου και πρέπει να παραμείνω προσεκτικός. Επιπλέον, ακούω έναν θόρυβο και πέφτω στο έδαφος για να προστατευτώ. Είναι ο θόρυβος των μικρών νυχτερίδων που πυροβολούν γύρω μου. Θα ρουφήξουν το αίμα μου; Είναι σαρκοφαγία; Ευτυχώς για μένα, εξαφανίζονται στην απεραντοσύνη της γκαλερί. Βλέπω ένα πρόσωπο και το σώμα μου τρέμει, Είναι φάντασμα; Όχι. Είναι σάρκα και αίμα, και έρχεται σε μένα, έτοιμος να πολεμήσει. Είναι ένας από τους ιερείς Νίντζα της σπηλιάς. Ο αγώνας αρχίζει. Είναι πολύ γρήγορος και προσπαθεί να με χτυπήσει σε ένα κρίσιμο μέρος. Προσπαθώ να ξεφύγω από τις επιθέσεις του. Αντεπιτίθεμαι με κάποιες κινήσεις που έμαθα βλέποντας ταινίες. Η στρατηγική λειτουργεί. Τον τρομάζει και κινείται λίγο πίσω. Αντεπιτίθεται με τις πολεμικές του τέχνες, αλλά είμαι προετοιμασμένος για αυτό. Τον χτύπησα στο κεφάλι με ένα βράχο που πήρα στη σπηλιά. Πέφτει αναίσθητος. Είμαι εντελώς αντίθετος στη βία, αλλά σε αυτή την περίπτωση, ήταν απολύτως απαραίτητο. Θα ήθελα να πάω στο δεύτερο σενάριο και να ανακαλύψω τα μυστικά του σπηλαίου. Επιπλέον, αρχίζω να περπατάω ξανά και παραμένω προσεκτικός και προστατεύομαι από τυχόν νέες παγίδες. Με την υγρασία χαμηλή, φυσάει ένας άνεμος και γίνομαι πιο άνετος. Αισθάνομαι τα ρεύματα των θετικών σκέψεων που έστειλε ο Κηδεμόνας. Η σπηλιά σκοτεινιάζει ακόμα περισσότερο, μεταμορφώνεται. Ένας εικονικός λαβύρινθος εμφανίζεται ευθεία μπροστά. Μια άλλη από τις παγίδες του σπηλαίου. Η είσοδος του λαβυρίνθου είναι απόλυτα ορατή. Πού είναι όμως η έξοδος; Πώς μπορώ να μπω και να μην χαθώ; Έχω μόνο μία επιλογή: Διασχίστε τον λαβύρινθο και αναλάβετε το ρίσκο. Χτίζω το κουράγιο μου και αρχίζω να κάνω τα πρώτα βήματα προς την είσοδο του λαβυρίνθου. Προσευχηθείτε, αναγνώστη, να βρω την έξοδο. Δεν έχω καμία στρατηγική στο μυαλό μου. Νομίζω ότι πρέπει να χρησιμοποιήσω τις γνώσεις μου για να με βγάλω από αυτό το χάος. Με θάρρος και πίστη, βυθίζομαι στον λαβύρινθο. Φαίνεται πιο συγκεχυμένο στο εσωτερικό παρά προς τα έξω. Οι τοίχοι του είναι φαρδιοί και μετατρέπονται σε ζιγκ-ζαγκ. Αρχίζω να θυμάμαι τις στιγμές της ζωής όπου βρέθηκα χαμένος σαν σε λαβύρινθο. Ο θάνατος του πατέρα μου, τόσο νέου, ήταν ένα πραγματικό πλήγμα στη ζωή μου. Ο χρόνος που περνούσα άνεργος και δεν σπούδαζα με έκανε επίσης να νιώθω χαμένος, σαν σε λαβύρινθο. Τώρα ήμουν στην ίδια κατάσταση. Συνεχίζω να περπατάω και δεν φαίνεται να υπάρχει τέλος στον λαβύρινθο.

ΑΝΤΊΘΕΤΕΣ ΠΛΕΥΡΈΣ

Έχετε νιώσει ποτέ απελπισμένοι; Έτσι ένιωθα, εντελώς απελπισμένος. Ως εκ τούτου, έχει το όνομα το σπήλαιο της απελπισίας. Μαζεύω την τελευταία μου δύναμη και σηκώνομαι. Πρέπει να βρω τη διέξοδο με κάθε κόστος. Μια τελευταία ιδέα με εντυπωσιάζει. Κοιτάζω μέχρι το ταβάνι και βλέπω πολλές νυχτερίδες. Θα ακολουθήσω έναν από αυτούς. Θα τον αποκαλέσω «μάγο». Ένας μάγος θα μπορούσε να κατακτήσει έναν λαβύρινθο. Αυτό είναι που χρειάζομαι. Η νυχτερίδα πετάει με μεγάλη ταχύτητα και πρέπει να συμβαδίζω με αυτό. Είναι καλό που είμαι σωματικά γυμνασμένος, σχεδόν αθλητής. Βλέπω το φως στην άκρη του τούνελ, ή ακόμα καλύτερα, στο τέλος του λαβυρίνθου. Έχω σωθεί.

Το τέλος του λαβυρίνθου με οδήγησε σε μια παράξενη σκηνή στη στοά του σπηλαίου. Ένα δωμάτιο από καθρέφτες. Περπατάω προσεκτικά από φόβο μήπως σπάσω κάτι. Βλέπω την αντανάκλασή μου στον καθρέφτη. Ποιος είμαι τώρα; Ένας φτωχός νεαρός ονειροπόλος έτοιμος να ανακαλύψει το πεπρωμένο του. Φαίνομαι ιδιαίτερα ανήσυχος. Τι σημαίνουν όλα αυτά; Οι τοίχοι, η οροφή, το πάτωμα, όλα αποτελούνται από γυαλί. Αγγίζω την επιφάνεια ενός καθρέφτη. Το υλικό είναι τόσο εύθραυστο αλλά αντικατοπτρίζει πιστά την όψη του εαυτού του. Αμέσως μια ξεχωριστή εικόνα εμφανίζεται σε τρεις από τους καθρέφτες, ένα παιδί, ένα νεαρό άτομο που κρατά ένα φέρετρο και ένας γέρος. Είναι όλοι εγώ. Είναι όραμα; Πραγματικά, έχω παιδικές πτυχές όπως η αγνότητα, η αθωότητα και η πίστη στους ανθρώπους. Αμφιβάλλω αν θέλω να απαλλαγώ από αυτές τις ιδιότητες. Ο νεαρός δεκαπενταετής άνδρας αντιπροσωπεύει μια οδυνηρή φάση στη ζωή μου: την απώλεια του πατέρα μου. Παρά τους άκαμπτους και απόμακρους τρόπους του, ήταν ο πατέρας μου. Τον θυμάμαι ακόμα με νοσταλγία. Ο ηλικιωμένος άνδρας αντιπροσωπεύει το μέλλον μου. Πώς θα είναι; Θα είμαι επιτυχής; Έγγαμος, ανύπαντρος ή ακόμα και χήρος; Αισθάνομαι ότι θα ήταν καλύτερα να μην είναι ένας επαναστατημένος ή πληγωμένος γέρος. Αρκετά με αυτές τις εικόνες. Το παρόν μου είναι τώρα. Είμαι ένας νέος άνδρας είκοσι έξι ετών, με πτυχίο στα Μαθηματικά, συγγραφέας. Δεν είμαι πια παιδί, ούτε ο δεκαπεντάχρονος που έχασε τον πατέρα του. Επιπλέον, δεν είμαι επίσης γέρος. Έχω το μέλλον μου μπροστά μου και θέλω να είμαι ευτυχισμένος. Δεν είμαι καμία από αυτές τις τρεις εικόνες. Επιπλέον, είμαι ο εαυτός μου. Με μια πρόσκρουση, οι τρεις καθρέφτες στους οποίους εμφανίστηκαν τα άτομα σπάνε και εμφανίζεται μια πόρτα. Είναι η είσοδός μου στο τρίτο και τελευταίο σενάριο.

Ανοίγω την πόρτα που δίνει πρόσβαση σε μια νέα γκαλερί. Τι με περιμένει στο τρίτο σενάριο; Μαζί, ας συνεχίσουμε, αναγνώστη. Αρχίζω να περπατάω και η καρδιά μου επιταχύνεται σαν να ήμουν ακόμα στην πρώτη σκηνή. Έχω ξεπεράσει πολλές προκλήσεις και παγίδες και ήδη θεωρώ τον εαυτό μου νικητή. Στο μυαλό μου, αναζητώ τις αναμνήσεις του παρελθόντος όταν έπαιζα σε μικρές σπηλιές. Η κατάσταση τώρα είναι εντελώς διαφορετική. Το σπήλαιο είναι τεράστιο και γεμάτο παγίδες. Ο φακός μου είναι σχεδόν νεκρός. Συνεχίζω να περπατάω και ευθεία μπροστά αναδύεται μια νέα παγίδα: Δύο πόρτες. Οι «αντίπαλες δυνάμεις» φωνάζουν μέσα μου. Είναι απαραίτητο να κάνετε μια νέα επιλογή. Μία από τις προκλήσεις μου έρχεται στο μυαλό και θυμάμαι πώς είχα το θάρρος να την ξεπεράσω. Επέλεξα το μονοπάτι στα δεξιά. Η κατάσταση όμως είναι διαφορετική γιατί βρίσκομαι μέσα σε μια σκοτεινή, υγρή σπηλιά. Έχω κάνει την επιλογή μου, αλλά και αρχίζω να θυμάμαι τα λόγια του φύλακα που μίλησε για μάθηση. Πρέπει να γνωρίσω τις δύο δυνάμεις για να έχω τον απόλυτο έλεγχο πάνω τους. Επιπλέον, επιλέγω την πόρτα στα αριστερά. Το ανοίγω αργά. φοβούμενος τι μπορεί να κρύβει. Καθώς το ανοίγω, συλλογίζομαι ένα όραμα: είμαι μέσα σε ένα ιερό, γεμάτο με εικόνες αγίων με ένα δισκοπότηρο στο βωμό. Θα μπορούσε να είναι το Άγιο Δισκοπότηρο, το χαμένο δισκοπότηρο του Χριστού που δίνει αιώνια νεότητα σε όσους πίνουν από αυτό; Τα πόδια μου τρέμουν. Παρορμητικά, τρέχω προς το δισκοπότηρο και αρχίζω να πίνω από αυτό. Το κρασί έχει ουράνια γεύση, των Θεών. Ζαλίζομαι, ο κόσμος γυρίζει, οι άγγελοι τραγουδούν και οι χώροι της σπηλιάς ανατριχιάζουν. Έχω το πρώτο μου όραμα: Βλέπω έναν Ιουδαίο ονόματα Ιησού, μαζί με τους αποστόλους του, να θεραπεύει, να απελευθερώνει και να διδάσκει νέες προοπτικές στον λαό του. Επιπλέον, βλέπω όλη την τροχιά των θαυμάτων του και της αγάπης του. Βλέπω επίσης την προδοσία του Ιούδα και του Διαβόλου να ενεργεί πίσω από την πλάτη του. Τέλος, βλέπω την ανάσταση και τη δόξα του. Ακούω μια φωνή να μου λέει: Κάντε το αίτημά σας. Αντηχώντας από χαρά, αναφωνώ ότι θέλω να γίνω ο Μάντης!

Το θαύμα

Λίγο μετά το αίτημά μου, το ιερό τρέμει, γεμίζει καπνό και μπορώ να ακούσω αλλοιωμένες φωνές. Αυτό που αποκαλύπτουν είναι εντελώς μυστικό. Μια μικρή φωτιά αναδύεται από το δισκοπότηρο και προσγειώνεται στο χέρι μου. Το φως του διαπερνά και φωτίζει ολόκληρη τη σπηλιά. Οι τοίχοι του σπηλαίου μεταμορφώνονται και δίνουν τη θέση τους σε μια μικρή πόρτα που εμφανίζεται. Ανοίγει και ένας δυνατός άνεμος αρχίζει να με σπρώχνει σε αυτό. Όλες οι προσπάθειές μου έρχονται στο μυαλό: Η αφοσίωσή μου στη μελέτη, ο τρόπος που ακολούθησα τέλεια τους νόμους του Θεού, η ανάβαση στο βουνό, οι προκλήσεις, ακόμη και αυτό ακριβώς το πέρασμα στο σπήλαιο. Όλα αυτά μου έφεραν μια εκπληκτική πνευματική ανάπτυξη. Ήμουν πλέον προετοιμασμένος να είμαι ευτυχισμένος και να εκπληρώσω τα όνειρά μου. Η φοβερή σπηλιά της απελπισίας με είχε αναγκάσει να κάνω το αίτημά μου. Θυμάμαι επίσης σε αυτή την ανυπέρβλητη στιγμή όλους εκείνους που συνέβαλαν στη νίκη μου άμεσα ή έμμεσα: τη δασκάλα μου στο δημοτικό σχολείο, την κυρία Σκόρο, που με δίδαξε να διαβάζω και να γράφω, τους δασκάλους της ζωής μου, τους φίλους μου στο σχολείο και την εργασία, την οικογένειά μου και τον κηδεμόνα που με βοήθησε να ξεπεράσω τις προκλήσεις και αυτό ακριβώς το σπήλαιο. Ο δυνατός άνεμος συνεχίζει να με σπρώχνει προς την πόρτα και σύντομα θα είμαι μέσα στον μυστικό θάλαμο.

Η δύναμη που με έσπρωξε τελικά σταματά. Η πόρτα κλείνει. Βρίσκομαι σε έναν γιγαντιαίο θάλαμο που είναι ψηλός και σκοτεινός. Στη δεξιά πλευρά υπάρχει μια μάσκα, ένα κερί και μια Βίβλος. Στα αριστερά υπάρχει ένα ακρωτήριο, ένα εισιτήριο και ένας εσταυρωμένος. Στο κέντρο, ψηλά, είναι μια ενδιαφέρουσα κυκλική συσκευή από σίδηρο. Περπατάω προς τη δεξιά πλευρά: βάζω τη μάσκα, αρπάζω το κερί και ανοίγω τη Βίβλο σε μια τυχαία σελίδα. Περπατάω προς την αριστερή πλευρά: βάζω την κάπα, γράφω το όνομά μου και το ψευδώνυμο στο εισιτήριο και ασφαλίζω τον εσταυρωμένο με το άλλο χέρι. Επιπλέον, περπατάω προς το κέντρο και τοποθετούμαι ακριβώς κάτω από τη συσκευή. Προφέρω τα τέσσερα μαγικά γράμματα: S-e-e-r. Αμέσως, ένας κύκλος φωτός εκπέμπεται από τη συσκευή και με περιβάλλει εντελώς. Μυρίζω το θυμίαμα που καίγεται κάθε μέρα ενθυμούμενος τους μεγάλους ονειροπόλους: τον Μάρτιν Λούθερ Κινγκ, τον Νέλσον Μαντέλα, τη Μητέρα Τερέζα, τον Φραγκίσκο της Ασίζης και τον Ιησού Χριστό. Το σώμα μου δονείται και αρχίζει να επιπλέει. Οι αισθήσεις μου αρχίζουν να αφυπνίζονται και μαζί τους, μπορώ να αναγνωρίσω τα συναισθήματα και τις προθέσεις πιο βαθιά. Τα χαρίσματά μου ενδυναμώνονται και μαζί τους, μπορώ να κάνω θαύματα στο χρόνο και το χώρο. Ο κύκλος κλείνει όλο και περισσότερο και κάθε αίσθημα ενοχής, μισαλλοδοξίας και φόβου σβήνει από το μυαλό μου. Είμαι σχεδόν έτοιμος: Μια αλληλουχία οραμάτων αρχίζει να εμφανίζεται και να με μπερδεύει. Τέλος, ο κύκλος σβήνει. Αμέσως, ανοίγει μια σειρά από πόρτες και με τα νέα μου δώρα μπορώ να δω, να νιώσω και να ακούσω τέλεια. Οι κραυγές των χαρακτήρων που θέλουν να εκδηλωθούν, οι ξεχωριστοί χρόνοι και τόποι αρχίζουν να εμφανίζονται και σημαντικά ερωτήματα αρχίζουν να διαβρώνουν την καρδιά μου. Η πρόκληση του να γίνεις διορατικός ξεκινά.

Βγαίνοντας από το Σπήλαιο

Με όλα όσα είχαν επιτευχθεί, το μόνο που μου είχε απομείνει τώρα ήταν να φύγω από τη σπηλιά και να κάνω το πραγματικό μου ταξίδι. Το όνειρό μου έγινε δεκτό και τώρα απλά έπρεπε να δουλέψω. Αρχίζω να περπατάω και με λίγο χρόνο, αφήνω πίσω μου τον μυστικό θάλαμο. Αισθάνομαι ότι κανένας άλλος άνθρωπος δεν θα έχει ποτέ τη χαρά να εισέλθει σε αυτό. Το σπήλαιο της απελπισίας δεν θα είναι ποτέ ξανά το ίδιο αφού φύγω νικητής , σίγουρος και χαρούμενος. Επιστρέφω στο τρίτο σενάριο: Οι εικόνες των αγίων παραμένουν άθικτες και φαίνεται να είναι ευχαριστημένες με τη νίκη μου. Το κύπελλο έχει πέσει και είναι στεγνό. Το κρασί ήταν πεντανόστιμο. Δουλεύω το δρόμο μου ήρεμα γύρω από το τρίτο σενάριο και αισθάνομαι την ατμόσφαιρα του τόπου. Είναι πραγματικά τόσο ιερό όσο το σπήλαιο και το βουνό. Φωνάζω από χαρά και η ηχώ που παράγεται εκτείνεται σε όλη τη σπηλιά. Ο κόσμος δεν θα είναι πλέον ο ίδιος μετά τον Μάντη. Σταματώ, σκέφτομαι και συλλογίζομαι τον εαυτό μου με κάθε τρόπο. Με ένα τελευταίο αποχαιρετιστήριο φιλί, αφήνω το τρίτο σενάριο και επιστρέφω στην ίδια πόρτα στα αριστερά που επέλεξα. Το μονοπάτι του Μάντη δεν θα είναι εύκολο, επειδή θα είναι δύσκολο να ελέγξει πλήρως τις αντίθετες δυνάμεις της καρδιάς και στη συνέχεια να πρέπει να το διδάξει στους άλλους. Το μονοπάτι στα αριστερά, που ήταν η επιλογή μου, αντιπροσωπεύει τη γνώση και τη συνεχή μάθηση, είτε με κρυφές δυνάμεις, είτε με μετάνοια, είτε με τον ίδιο τον θάνατο. Ο περίπατος γίνεται εξαντλητικός καθώς το σπήλαιο είναι εκτεταμένο, σκοτεινό και πολύ υγρό. Η πρόκληση του Προφήτης μπορεί να είναι μεγαλύτερη από ό, τι συνειδητοποιώ: Η πρόκληση της συμφιλίωσης των καρδιών, των ζωών και των συναισθημάτων. Δεν είναι μόνο αυτό: δεν έχω ακόμη φροντίσει για την πορεία μου. Η γκαλερί γίνεται στενή, και μαζί της το ίδιο κάνουν και οι σκέψεις μου. Τα συναισθήματά μου για νοσταλγία αυξάνονται, καθώς και η νοσταλγία για τα μαθηματικά και την προσωπική μου ζωή. Τέλος, έρχεται η νοσταλγία μου. Επισπεύδω τα βήματά μου και σύντομα είμαι στο δεύτερο σενάριο. Οι σπασμένοι καθρέφτες αντιπροσωπεύουν τώρα τα μέρη του μυαλού μου που διατηρήθηκαν και επεκτάθηκαν: τα καλά συναισθήματα, οι αρετές, τα χαρίσματα και η ικανότητα να αναγνωρίζω όταν έχω σφάλλει. Το σενάριο των καθρεφτών αντανακλά την ψυχή μου. Αυτή την αυτογνωσία θα πάρω μαζί μου όλη μου τη ζωή. Ακόμα αποθηκευμένες στη μνήμη μου είναι οι φιγούρες του παιδιού, του νεαρού δεκαπεντάχρονου και του ηλικιωμένου άνδρα. Είναι τρία από τα πολλά πρόσωπά μου τα οποία διατηρώ γιατί είναι η ιστορία μου. Αφήνω το δεύτερο σενάριο και με αυτό αφήνω τις αναμνήσεις μου. Είμαι στο θεωρείο που οδηγεί στο πρώτο σενάριο. Οι προσδοκίες μου για το μέλλον και η ελπίδα μου ανανεώνονται. Είμαι ο Βλέπων, ένα εξελιγμένο και ξεχωριστό ον, προορισμένο να κάνει πολλές ψυχές να ονειρεύονται. Η περίοδος μετά το σπήλαιο θα χρησιμεύσει ως εκπαίδευση και βελτίωση των προ υπαρχουσών δεξιοτήτων. Πάω λίγο παραπέρα και ρίχνω μια ματιά στον λαβύρινθο. Αυτή η πρόκληση σχεδόν με κατέστρεψε. Η σωτηρία μου ήταν ο Μάγος, η νυχτερίδα που με βοήθησε να βρω την έξοδο. Τώρα δεν τον χρειάζομαι πια γιατί με τις διδακτικές μου δυνάμεις μπορώ εύκολα να περάσω από δίπλα του. Έχω το χάρισμα της καθοδήγησης σε πέντε αεροπλάνα. Πόσο συχνά αισθανόμαστε σαν να χανόμαστε σε έναν λαβύρινθο; Όταν χάνουμε δουλειές; Όταν είμαστε απογοητευμένοι με τη μεγάλη αγάπη της ζωής μας. Όταν αψηφάμε την εξουσία των ανωτέρων μας. Όταν χάνουμε την ελπίδα και την ικανότητα να ονειρευόμαστε. Όταν σταματάμε να είμαστε μαθητευόμενοι της ζωής και όταν χάνουμε την ικανότητα να κατευθύνουμε το πεπρωμένο μας; Θυμηθείτε: Το σύμπαν προδιαθέτει το άτομο, αλλά εμείς είμαστε που πρέπει να το κάνουμε και να αποδείξουμε ότι είμαστε άξιοι. Αυτό έκανα. Ανέβηκα στο βουνό, έκανα τρεις προκλήσεις, μπήκα στη σπηλιά, νίκησα τις παγίδες της και έφτασα στον προορισμό μου. Περνάω μέσα από τον λαβύρινθο και δεν με κάνει τόσο χαρούμενο αφού έχω ήδη κερδίσει την πρόκληση. Επιπλέον, σκοπεύω να αναζητήσω νέους ορίζοντες. Ομοίως, Επιπλέον, έχω περπατήσει περίπου δύο μίλια μεταξύ του μυστικού θαλάμου, του δεύτερου και του τρίτου σεναρίου και με αυτή τη συνειδητοποίηση, αισθάνομαι λίγο κουρασμένος. Νιώθω τον ιδρώτα να πέφτει κάτω. Αισθάνομαι επίσης την πίεση του αέρα και τη χαμηλή υγρασία. Πλησιάζω τον Νίντζα, τον μεγάλο μου αντίπαλο. Εξακολουθεί να φαίνεται ντοκ άουτ. Λυπάμαι που σας φέρθηκα με αυτόν τον τρόπο, αλλά το όνειρό μου, η ελπίδα μου και το πεπρωμένο μου διακυβεύονταν. Κάποιος πρέπει να λάβει σημαντικές αποφάσεις σε σημαντικές καταστάσεις. Ο φόβος, η ντροπή και η ηθική το μόνο που κάνουν είναι να εμποδίζουν αντί να βοηθούν. Του χαϊδεύω το πρόσωπο και προσπαθώ να αποκαταστήσω τη ζωή στο σώμα του. Ενεργώ με αυτόν τον τρόπο γιατί δεν είμαστε πλέον αντίπαλοι αλλά σύντροφοι αυτού του επεισοδίου. Σηκώνει και με μια βαθιά υπόκλιση, με συγχαίρει. Όλα έμειναν πίσω: Ο αγώνας, οι «αντίπαλες δυνάμεις» μας, οι διαφορετικές γλώσσες μας και οι ξεχωριστοί μας στόχοι. Ζούμε σε μια κατάσταση διαφορετική από την προηγούμενη. Μπορούμε να μιλήσουμε, να καταλάβουμε ο ένας τον άλλον και ποιος ξέρει, ίσως ακόμη και να είμαστε φίλοι. Έτσι, η ακόλουθη παροιμία: Κάντε τον εχθρό σας έναν ένθερμο και πιστό φίλο. Τέλος, με αγκαλιάζει, με αποχαιρετά και μου εύχεται καλή τύχη. Ανταποδίδω. Θα συνεχίσει να αποτελεί μέρος του μυστηρίου του σπηλαίου και εγώ θα αποτελέσω μέρος του μυστηρίου της ζωής και του κόσμου. Είμαστε «αντίπαλες δυνάμεις» που έχουν βρει η μία την άλλη. Αυτός είναι ο στόχος μου σε αυτό το βιβλίο: να επανενώσεων τις «αντίπαλες δυνάμεις». Συνεχίζω να περπατάω στη γκαλερί που δίνει πρόσβαση στο πρώτο σενάριο. Αισθάνομαι σίγουρος και απόλυτα ήρεμος, *σε αντίθεση με όταν μπήκα για πρώτη φορά στη σπηλιά. Ο φόβος, το σκοτάδι και το απρόβλεπτο με τρόμαξαν. Οι τρεις πόρτες που σήμαιναν ευτυχία, φόβο και αποτυχία με βοήθησαν να εξελιχθώ και να καταλάβω την αίσθηση των πραγμάτων. Η αποτυχία αντιπροσωπεύει όλα όσα τρέχουμε μακριά χωρίς να γνωρίζουμε γιατί. Η αποτυχία πρέπει πάντα να είναι μια στιγμή μάθησης. Αυτό είναι το σημείο στο οποίο ο άνθρωπος ανακαλύπτει ότι δεν είναι τέλειο, ότι το μονοπάτι δεν έχει ακόμη σχεδιαστεί, και αυτή είναι η στιγμή της ανοικοδόμησης. Αυτό πρέπει πάντα να κάνουμε: Να ξαναγεννιόμαστε. Πάρτε, για παράδειγμα, τα δέντρα: Χάνουν τα φύλλα τους, αλλά όχι τη ζωή τους. Ας είμαστε όπως είναι οι μεταμορφώσεις του Περπατήματος. Η ζωή το απαιτεί αυτό. Ο φόβος είναι παρών κάθε φορά που αισθανόμαστε ότι απειλούμαστε ή καταπιέζουμε. Είναι το σημείο εκκίνησης για νέες αποτυχίες. Ξεπεράστε τους φόβους σας και ανακαλύψτε ότι υπάρχουν μόνο στη φαντασία σας. Έχω καλύψει ένα μεγάλο μέρος της στοάς του σπηλαίου και αυτή τη στιγμή, περνάω από την πόρτα της ευτυχίας. Ο καθένας μπορεί να περάσει από αυτή την πόρτα και να πείσει τον εαυτό του ότι η ευτυχία υπάρχει και μπορεί να επιτευχθεί αν συμφωνούμε απόλυτα με το σύμπαν. Είναι σχετικά απλό. Ο εργάτης, ο οικοδόμος, ο επιστάτης είναι στην ευχάριστη θέση να εκπληρώσουν τις αποστολές τους. Ο αγρότης, ο καλλιεργητής ζαχαροκάλαμου, ο καουμπόι είναι όλοι ευτυχείς να συλλέξουν το προϊόν της εργασίας τους. ο δάσκαλος στη διδασκαλία και τη μάθηση· ο συγγραφέας στη γραφή και την ανάγνωση. ο ιερέας διακηρύσσει το θείο μήνυμα και τα άπορα παιδιά, τα ορφανά και οι ζητιάνοι είναι χαρούμενοι που δέχονται λόγια στοργής και φροντίδας. Η ευτυχία είναι μέσα μας και περιμένει συνεχώς να ανακαλυφθεί. Για να είμαστε πραγματικά ευτυχισμένοι θα πρέπει να ξεχνάμε το μίσος, το κουτσομπολιό, τις αποτυχίες, τον φόβο και την ντροπή. Συνεχίζω να περπατάω και βλέπω όλες τις παγίδες που κατάφερα και αναρωτιέμαι από τι είναι φτιαγμένοι οι άνθρωποι αν δεν έχουν πεποιθήσεις, μονοπάτια ή πεπρωμένα. Κανένας από αυτούς δεν θα είχε επιβιώσει από τις παγίδες επειδή δεν έχουν δίχτυ ασφαλείας, φως ή δύναμη που να τις υποστηρίζει. Ο άνθρωπος δεν είναι τίποτα αν είναι μόνος του. Κάνει κάτι από τον εαυτό του μόνο όταν συνδέεται με τις δυνάμεις της ανθρωπότητας. Μπορεί να κάνει τη* θέση του μόνο αν είναι σε πλήρη αρμονία με το σύμπαν. Έτσι νιώθω τώρα: Σε πλήρη αρμονία επειδή ανέβηκα στο βουνό, κέρδισα τις τρεις προκλήσεις και νίκησα τη σπηλιά, τη σπηλιά που έκανε το όνειρό μου πραγματικότητα. Η βόλτα μου πλησιάζει στο τέλος της γιατί βλέπω φως να έρχεται από την είσοδο της σπηλιάς. Σύντομα θα είμαι έξω από αυτό.

Η επανένωση με τον Φύλακα

Είμαι έξω από τη σπηλιά. Ο ουρανός είναι μπλε, ο ήλιος είναι ισχυρός και ο άνεμος είναι βορειοδυτικός. Αρχίζω να συλλογίζομαι ολόκληρο τον έξω κόσμο και καταλαβαίνω πόσο όμορφο και εκτεταμένο είναι πραγματικά το σύμπαν. Νιώθω σαν ένα σημαντικό κομμάτι του γιατί ανέβηκα στο βουνό, εκτέλεσα τις τρεις προκλήσεις, δοκιμάστηκα από τη σπηλιά και κέρδισα. Επιπλέον, αισθάνομαι επίσης μεταμορφωμένος με κάθε τρόπο, επειδή σήμερα δεν είμαι πλέον απλώς ένας ονειροπόλος αλλά ένας οραματιστής, ευλογημένος με δώρα. Το σπήλαιο έχει πραγματικά κάνει ένα θαύμα. Θαύματα συμβαίνουν κάθε μέρα, αλλά δεν το συνειδητοποιούμε. Μια αδελφική χειρονομία, η βροχή που ανασταίνει τη ζωή, την ελεημοσύνη, την εμπιστοσύνη, τη γέννηση, την αληθινή αγάπη, ένα κομπλιμέντο, το απροσδόκητο, την πίστη που κινεί τα βουνά, την τύχη και το πεπρωμένο. όλα αντιπροσωπεύουν το θαύμα που είναι η ζωή. Η ζωή είναι γενναιόδωρη.

Συνεχίζω να συλλογίζομαι το εξωτερικό, εντελώς με δέος. Είμαι συνδεδεμένος με το σύμπαν και αυτό με μένα. Είμαστε ένα με τους ίδιους στόχους, τις ίδιες ελπίδες και πεποιθήσεις. Είμαι τόσο συγκεντρωμένος που λίγο παρατηρώ όταν ένα μικροσκοπικό χέρι αγγίζει το σώμα μου. Παραμένω στην ιδιαίτερη και μοναδική πνευματική μου ανάμνηση, μέχρι που μια μικρή ανισορροπία που προκαλείται από κάποιον με χτυπάει από τον άξονά μου. Επιπλέον, γυρίζω στην ερώτηση και βλέπω ένα αγόρι και τον κηδεμόνα. Νομίζω ότι ήταν στο πλευρό μου για αρκετό καιρό και δεν το συνειδητοποίησα.

«Έτσι, επιβιώσατε από τη σπηλιά. Συγχαρητήρια! Ήλπιζα ότι θα το κάνατε. Ανάμεσα σε όλους τους πολεμιστές που προσπάθησαν ήδη να μπουν στη σπηλιά και να πραγματοποιήσουν τα όνειρά τους, ήσαστον οι πιο ικανοί. Ωστόσο, πρέπει να γνωρίζετε ότι το σπήλαιο είναι μόνο ένα βήμα μεταξύ πολλών που θα αντιμετωπίσετε στη ζωή. Η γνώση είναι αυτό που θα σας δώσει πραγματική δύναμη και αυτό είναι κάτι που κανείς δεν θα μπορέσει να πάρει από εσάς. Η πρόκληση ξεκινά. Είμαι εδώ για να σας βοηθήσω. Δείτε εδώ, σας έφερα αυτό το παιδί για να σας συνοδεύσει στο αληθινό σας ταξίδι. Θα βοηθήσει πολύ. Η αποστολή σας είναι να επανενώσεις τις «αντίπαλες δυνάμεις» και να τις κάνετε να αποδώσουν καρπούς σε μια άλλη στιγμή. Κάποιος χρειάζεται τη βοήθειά σας και γι' αυτό θα σας στείλω.

«Σας ευχαριστώ. Η σπηλιά έκανε πραγματικά το όνειρό μου πραγματικότητα. Τώρα είμαι ο Μάντης και είμαι έτοιμος για νέες προκλήσεις. Ποιο είναι αυτό το αληθινό ταξίδι; Ποιος είναι αυτός ο κάποιος που χρειάζεται τη βοήθειά μου; Τι θα μου συμβεί;

«Ερωτήσεις, ερωτήσεις, αγαπητέ μου. Θα απαντήσω σε μία από αυτές. Με τις νέες σας δυνάμεις, θα κάνετε ένα ταξίδι πίσω στο χρόνο για να διαστρεβλώσετε τις αδικίες και να βοηθήσετε κάποιον να βρει τον εαυτό του. Τα υπόλοιπα θα τα ανακαλύψετε μόνοι σας. Έχετε ακριβώς τριάντα ημέρες για να φέρετε εις πέρας αυτήν την αποστολή. Μην σπαταλάτε το χρόνο σας.

«Καταλαβαίνω. Πότε μπορώ να πάω;»

«Σήμερα. Ο χρόνος πιέζει.»

Τούτου δεχθέντος, ο κηδεμόνας μου έδωσε το παιδί και αποχαιρέτησε φιλικά. Τι με περιμένει σε αυτό το ταξίδι; Μήπως ο Μάντης μπορεί πραγματικά να διορθώσει τις αδικίες; Νομίζω ότι θα χρειαστούν όλες οι δυνάμεις μου για να τα πάω καλά σε αυτό το ταξίδι.

Αποχαιρετώντας το βουνό

Το βουνό αναπνέει έναν αέρα ηρεμίας και γαλήνης. Από τότε που ήρθα εδώ, έμαθα να το σέβομαι. Νομίζω ότι αυτό με βοήθησε επίσης να το κλιμακώσω, να ξεπεράσω τις προκλήσεις και να μπω στη σπηλιά. Πραγματικά φοβήθηκε. Έγινε έτσι λόγω του θανάτου ενός μυστηριώδους σαβάνου που έκανε μια παράξενη συμφωνία με τις δυνάμεις του σύμπαντος.

Υποσχέθηκε να δώσει τη ζωή του με αντάλλαγμα την αποκατάσταση της ειρήνης στη φυλή του. Για αιώνες, το Ινδοί κυριάρχησε στην περιοχή. Εκείνη την εποχή, οι φυλές τους ήταν σε πόλεμο λόγω του τέχνασμα ενός μάγου από τη βόρεια φυλή. Λαχταρούσε τη δύναμη και τον απόλυτο έλεγχο των φυλών. Τα σχέδιά τους περιλάμβαναν επίσης την παγκόσμια κυριαρχία στις σκοτεινές τέχνες τους. Έτσι, ξεκίνησε ο πόλεμος. Η νότια φυλή ανταπέδωσε, άρχισαν οι επιθέσεις και ο θάνατος. Ολόκληρο το έθνος εγχώριος απειλήθηκε με εξαφάνιση. Τότε ο Σαμοανός του νότου επανένωσή τις δυνάμεις του και έκανε το σύμφωνο. Η νότια φυλή κέρδισε τη διαμάχη, ο μάγος σκοτώθηκε, ο Σαμοανός πλήρωσε το τίμημα της διαθήκης του και η ειρήνη αποκαταστάθηκε. Από τότε, το βουνό της Ορορούμπα έγινε ιερό.

Είμαι ακόμα στην άκρη του σπηλαίου αναλύοντας την κατάσταση. Έχω μια αποστολή να ολοκληρώσω και ένα αγόρι να φροντίσω, παρόλο που δεν είμαι ακόμα πατέρας ο ίδιος. Επιπλέον, αναλύω το αγόρι από το κεφάλι μέχρι τα δάχτυλα των ποδιών και αμέσως το συνειδητοποιώ. Είναι το ίδιο παιδί που προσπάθησα να σώσω από τα νύχια αυτού του σκληρού ανθρώπου. Μου φαίνεται ότι είναι βουβός γιατί δεν τον έχω ακούσει ακόμα να μιλάει. Προσπαθώ να σπάσω τη σιωπή.

«Γιε μου, συμφώνησαν οι γονείς σου να σε αφήσουν να ταξιδέψεις μαζί μου; Κοιτάξτε, θα σας πάρω μόνο αν είναι απολύτως απαραίτητο.

«Δεν έχω οικογένεια. Η μητέρα μου πέθανε πριν από τρία χρόνια. Μετά από αυτό, ο πατέρας μου με φρόντισε. Ωστόσο, κακοποιήθηκα τόσο πολύ που αποφάσισα να δραπετεύσω. Ο κηδεμόνας με φροντίζει τώρα. Θυμηθείτε τι είπε: Με χρειάζεστε σε αυτό το ταξίδι.

«Λυπάμαι. Πες μου: Πώς σε κακομεταχειρίστηκε ο πατέρας σου;

«Με έκανε να δουλεύω δώδεκα ώρες την ημέρα. Τα γεύματα ήταν λιγοστά. Δεν μου επιτρεπόταν να παίξω για να σπουδάσω ή ακόμα και να έχω φίλους. Με χτυπούσε συχνά. Επιπλέον, ποτέ δεν μου έδωσε κανενός είδους αγάπη που πρέπει να δώσει ένας πατέρας. Έτσι, αποφάσισα να το σκάσω.

«Κατανοώ την απόφασή σας. Παρά το γεγονός ότι είστε παιδί, είστε πολύ σοφοί. Δεν θα υποφέρεις πια με αυτό το τέρας ενός πατέρα. Υπόσχομαι να σας φροντίσω καλά σε αυτό το ταξίδι.

«Με φρόντισε; Αμφιβάλλω.

«Ποιο είναι το όνομά σου;

«Ρενάτο. Αυτό ήταν το όνομα που επέλεξε ο φύλακας για μένα. Πριν δεν είχα όνομα ή δικαιώματα. Ποια είναι η δική σας;

«Άλντιβαν. Αλλά μπορείτε να με αποκαλέσετε Μάντη ή Παιδί του Θεού.

«Εντάξει. Πότε θα φύγουμε, Προφήτης;

«Σύντομα. Τώρα πρέπει να πω τους αποχαιρετισμούς μου στο βουνό.

Με μια χειρονομία, έκανα ένα σήμα έτσι ώστε ο Ρενάτο να με συνοδεύσει. Θα έκανα κύκλους σε όλα τα μονοπάτια και τις γωνίες των βουνών πριν φύγω για έναν άγνωστο προορισμό.

Ένα ταξίδι πίσω στο χρόνο

Μόλις αποχαιρέτησα το βουνό. Ήταν σημαντικό στην πνευματική μου ανάπτυξη και συνέβαλε στις γνώσεις μου. Θα έχω καλές αναμνήσεις από αυτό: Η ζεστή κορυφή του όπου ολοκλήρωσα τις προκλήσεις, συνάντησα τον φύλακα και πού μπήκα στη σπηλιά. Δεν μπορώ να ξεχάσω το φάντασμα, το νεαρό κορίτσι ή το παιδί, που τώρα με συνοδεύει. Ήταν σημαντικοί στην όλη διαδικασία γιατί με έκαναν να προβληματιστώ και να επικρίνω τον εαυτό μου. Συνέβαλαν στις γνώσεις μου για τον κόσμο. Τώρα ήμουν έτοιμος για μια νέα πρόκληση. Ο χρόνος του βουνού τελείωσε, του σπηλαίου επίσης, και τώρα θα ταξιδέψω πίσω στο χρόνο. Τι με περιμένει; Θα έχω πολλές περιπέτειες; Μόνο ο χρόνος θα δείξει. Είμαι έτοιμος να φύγω από την κορυφή του βουνού. Παίρνω μαζί μου τις προσδοκίες μου, την τσάντα, τα υπάρχοντά μου και το αγόρι που δεν θα με αφήσει. Από ψηλά, βλέπω το δρόμο και το περιεχόμενό του στο χωριό Μιμόζο. Φαίνεται μικρό, αλλά είναι σημαντικό για μένα γιατί εκεί ανέβηκα στο βουνό, κέρδισα τις προκλήσεις, μπήκα στη σπηλιά και συνάντησα τον φύλακα, το φάντασμα, το νεαρό κορίτσι και το αγόρι. Όλα αυτά ήταν σημαντικά για μένα να γίνω ο Μάντης. Ο Μάντης, το άτομο που ήταν σε θέση να καταλάβει τις πιο μπερδεμένες καρδιές και να υπερβεί το χρόνο και την απόσταση για να βοηθήσει τους άλλους. Η απόφαση ελήφθη. Θα έφευγα.

Παίρνω το χέρι του παιδιού σταθερά και αρχίζω να συγκεντρώνομαι. Ένας κρύος άνεμος χτυπά, ο ήλιος θερμαίνεται λίγο και οι φωνές του βουνού αρχίζουν να δρουν. Στη συνέχεια, στο κάτω μέρος, ακούω μια αχνή φωνή να καλεί σε βοήθεια. Εστιάζω σε αυτή τη φωνή και αρχίζω να χρησιμοποιώ τις δυνάμεις μου για να προσπαθήσω να την βρω. Είναι η ίδια φωνή που άκουσα στη σπηλιά της απελπισίας. Είναι η φωνή μιας γυναίκας. Μπορώ να δημιουργήσω έναν κύκλο φωτός γύρω μου για να μας προστατεύσει από τις επιπτώσεις του ταξιδιού στο χρόνο. Αρχίζω να επιταχύνω την ταχύτητά μας. Πρέπει να επιτύχουμε την ταχύτητα του φωτός για να σπάσουμε το χρονικό φράγμα. Η πίεση του αέρα αυξάνεται σιγά-σιγά. Νιώθω ζαλισμένος, χαμένος και μπερδεμένος. Για μια στιγμή, καταπατώ κόσμους και αεροπλάνα παράλληλα με τα δικά μας. Βλέπω τις άδικες κοινωνίες και τους τυράννους όπως στις δικές μας. Βλέπω τον κόσμο των πνευμάτων και παρατηρώ πώς λειτουργούν στον τέλειο σχεδιασμό του κόσμου μας. Όχι μόνο αυτό, αλλά βλέπω φωτιά, φως, σκοτάδι και κουρτίνες καπνού. Εν τω μεταξύ, η ταχύτητά μας επιταχύνεται ακόμη περισσότερο. Είμαστε κοντά στην υπέρβαση της ταχύτητας του φωτός. Ο κόσμος γυρίζει και για μια στιγμή βλέπω τον εαυτό μου σε μια παλιά κινεζική αυτοκρατορία, να εργάζεται σε ένα αγρόκτημα. Ένα άλλο δευτερόλεπτο περνάει, και είμαι στην Ιαπωνία, σερβίροντας σνακ στον αυτοκράτορα. Γρήγορα αλλάζω τοποθεσίες και βρίσκομαι σε ένα τελετουργικό, στην Αφρική, σε μια συγκέντρωση λατρείας της Θεούς. Συνεχίζω να ξαναζώ ζωές συνεχώς στη μνήμη μου. Η ταχύτητα αυξάνεται ακόμη περισσότερο και σε μια στιγμή, έχουμε φτάσει στην έκσταση. Ο κόσμος σταματά να περιστρέφεται, ο κύκλος διαλύεται και πέφτουμε στο έδαφος. Το ταξίδι πίσω στο χρόνο είχε ολοκληρωθεί.

Πού βρίσκομαι;

Ξυπνάω και συνειδητοποιώ ότι είμαι μόνος. Τι συνέβη στον Ρενάτο; Μήπως δεν επέζησε από το ταξίδι στο χρόνο; Λοιπόν, αυτό ήταν το μόνο που μπορούσα να συμπεράνω εκείνη τη στιγμή. Περίμενε? Πού βρίσκομαι; Δεν ξέρω αυτό το μέρος. Δεν υπάρχει έδαφος, δεν υπάρχει ουρανός και είναι ένα πλήρες κενό. Λίγο πιο μακριά από τον τόπο στον οποίο βρίσκομαι, αντιλαμβάνομαι μια συνάντηση ανθρώπων σε πομπή, όλοι ντυμένοι στα μαύρα. Τους πλησιάζω για να μάθω περί τίνος πρόκειται. Δεν μου αρέσει να βρίσκομαι μόνο σε άγνωστα μέρη. Πλησιάζοντας, συνειδητοποιώ ότι δεν πρόκειται ακριβώς για πομπή, αλλά για κηδεία. Το φέρετρο βρίσκεται στο κέντρο που στηρίζουν τρία άτομα. Ανεβαίνω σε έναν από τους παρευρισκόμενους.

«Τι συμβαίνει; Τίνος ταφή είναι αυτή;

«Αυτό που θάβεται είναι η πίστη και η ελπίδα αυτών των ανθρώπων.

«Τι; Πώς;

Χωρίς να μπορώ να το καταλάβω, απομακρύνομαι από την κηδεία. Τι έκαναν αυτοί οι τρελοί άνθρωποι; Από όσο ήξερα, θάψατε τους νεκρούς και όχι τα συναισθήματα. Η πίστη και η ελπίδα δεν πρέπει ποτέ να θάβονται ακόμα κι αν πρόκειται για μια απελπιστική κατάσταση. Η ταφή εξαφανίζεται στον ορίζοντα. Ο ήλιος εμφανίζεται και ένα έντονο φως μπορεί να δει στην κορυφή του κάμπου. Το φως διεισδύει και καταναλώνει ολόκληρη την ύπαρξή μου. Ξεχνώ όλα τα προβλήματα, τις θλίψεις και τα βάσανα. Είναι το όραμα του Δημιουργού και αισθάνομαι απόλυτα χαλαρός και σίγουρος για την παρουσία του. Στο αεροπλάνο κάτω από ένα κύμα σκιάς και μαζί του, κακοποιοί. Το όραμα του σκότους με ενοχλεί. Οι δύο ξεχωριστές πεδιάδες αντιπροσωπεύουν τις «αντίθετες δυνάμεις» που αντιμετωπίζει κανείς συνεχώς στο σύμπαν. Είμαι στην πλευρά του καλού και θα εργαστώ σκληρά για να διασφαλίσω ότι θα επικρατεί πάντα. Οι δύο πεδιάδες εξαφανίζονται από το όραμά μου και μόνο ο κενός χώρος παραμένει μαζί μου τώρα. Το έδαφος εμφανίζεται, ο γαλάζιος ουρανός λάμπει και σε μια στιγμή, ξυπνάω, σαν να μην ήταν όλα τίποτα περισσότερο από ένα όνειρο.

Πρώτες εντυπώσεις

Το αληθινό ξύπνημα με αφήνει με καλό χιούμορ. Το ταξίδι στο χρόνο φαίνεται να ήταν επιτυχημένο. Στο πλευρό μου, ακόμα κοιμισμένος, βρίσκω τον Ρενάτο να φαίνεται σαν να απολάμβανε πραγματικά το ταξίδι. Πού βρίσκομαι; Σε λίγα λεπτά, θα το μάθω. Συλλογίζομαι προσεκτικά τον τόπο και φαίνεται οικείος. Τα βουνά, η βλάστηση, η τοπογραφία, όλα είναι τα ίδια. Περίμενε. Κάτι είναι διαφορετικό. Το χωριό δεν φαίνεται πλέον να είναι το ίδιο. Τα σπίτια που υπάρχουν τώρα, απλωμένα από τη μια πλευρά στην άλλη, αν συναρμολογήσουν στη σειρά δεν θα αποτελούσαν περισσότερους από έναν δρόμους. Καταλαβαίνω τι συνέβη: Ταξιδέψαμε στο χρόνο, αλλά όχι στο διάστημα. Πρέπει να κατέβω το βουνό για να τα παρατηρήσω όλα αυτά. Επιπλέον, πλησιάζω τον Ρενάτο και αρχίζω να τον ταρακουνάω. Δεν μπορούμε να χάσουμε χρόνο με καθυστερήσεις γιατί έχουμε ακριβώς τριάντα ημέρες για να βοηθήσουμε κάποιον που ακόμα δεν έχω συναντήσει καν. Ο Ρενάτο τεντώνεται και απρόθυμα αρχίζει να κατεβαίνει το βουνό μαζί μου. Δεν νομίζω ότι έχει ξεπεράσει ακόμα τη μάχη του ταξιδιού στο χρόνο. Είναι ακόμα παιδί και χρειάζεται τη φροντίδα μου.

Έχουμε κατέβει ένα μεγάλο μέρος της διαδρομής και το Μιμόζο πλησιάζει όλο και περισσότερο. Ήδη μπορούμε να δούμε παιδιά να παίζουν στο δρόμο, πλύστρες με τα τσουβάλια τους σε ένα κοντινό φράγμα, νέους να κοινωνικοποιούνται στη μικρή τοπική πλατεία. Τι μας περιμένει; Αναρωτιέμαι ποιος χρειάζεται βοήθεια. Όλες αυτές οι απαντήσεις θα ληφθούν στο βιβλίο. Κάτι ξεχωρίζει στον ουρανό του Μιμόζο: Σκοτεινά σύννεφα γεμίζουν ολόκληρο το περιβάλλον. Τι σημαίνει αυτό; Θα πρέπει να το μάθω. Τα βήματά μας επιταχύνονται και είμαστε περίπου εκατό μέτρα από το χωριό. Βόρεια είναι ένα πανύψηλο, κομψό και όμορφο σπίτι. Πρέπει να χρησιμεύσει ως κατοικία για κάποιον σημαντικό. Στα δυτικά, ένα μαύρο κάστρο ξεχωρίζει ανάμεσα στα σπίτια. Είναι τρομακτικό μόνο από την εμφάνιση. Φτάνουμε τελικά. Βρισκόμαστε στην κεντρική περιοχή όπου βρίσκονται τα περισσότερα σπίτια. Πρέπει να βρω ένα ξενοδοχείο για να ξεκουραστώ γιατί το ταξίδι ήταν μακρύ και κουραστικό. Οι τσάντες μου βαραίνουν τα χέρια μου. Μιλάω με έναν από τους κατοίκους που μου λέει πού μπορώ να βρω ένα. Είναι λίγο νοτιότερα από εκεί που ήμασταν. Φεύγουμε για να πάμε εκεί.

ΑΝΤΊΘΕΤΕΣ ΠΛΕΥΡΈΣ

Το Ξενοδοχείο

Το ταξίδι από εκεί που ήμασταν μέχρι το ξενοδοχείο πραγματοποιήθηκε ειρηνικά. Μας παρατηρούσαν μόνο λίγο οι άνθρωποι που συναντήσαμε. Μεταξύ αυτών των ανθρώπων, μερικές φιγούρες ξεχώρισαν: Μια γυναίκα με καπέλο στο στυλ της μάγισσα, ένα αγόρι με σημάδια μαστίγιου στην πλάτη του και ένα θλιβερό κορίτσι που συνοδευόταν από τρεις ισχυρούς άνδρες που φαινόταν να είναι οι σωματοφύλακές της. Όλοι ενήργησαν παράξενα σαν αυτό το χωριό να μην ήταν μια συνηθισμένη κοινότητα. Είμαστε μπροστά από το ξενοδοχείο. Στο εξωτερικό, μπορεί να περιγράφει ως εξής: Μια μονοκατοικία από τούβλα, με έκταση περίπου 1600 τετραγωνικών ποδιών με σπιτική, ανεστραμμένη οροφή σχήματος . Το παράθυρο και η μπροστινή πόρτα είναι ξύλινα και καλύπτονται με φανταχτερές κουρτίνες. Υπάρχει ένας μικρός κήπος, όπου αναπτύσσονται λουλούδια διαφόρων ειδών. Αυτό ήταν το μόνο ξενοδοχείο στο Μιμόζο, οπότε έχουμε ενημερωθεί. Δίπλα, μόλις λίγα μέτρα μακριά, ήταν ένα βενζινάδικο. Προσπαθούσα να βρω το κουδούνι αλλά δεν μπορούσα. Θυμήθηκα ότι ήμασταν πιθανώς σε πιο αρχαίους χρόνους και επιπλέον ήμασταν στην ύπαιθρο όπου οι πρόοδοι του πολιτισμού δεν έχουν φτάσει ακόμα. Η λύση, που έπρεπε να προσέξουμε, ήταν να χρησιμοποιήσουμε την παλιά μέθοδο φωνών που ξυπνάει ακόμα και τους άσπονδους κωφούς.

«Γεια σας! Κανείς εκεί;

Σύντομα, η πόρτα τρίζει και έτσι αναδύεται η φιγούρα μιας αρχοντικής γυναίκας περίπου εξήντα ετών με ανοιχτά μάτια και κόκκινα μαλλιά. Ήταν λεπτή, είχε ξεπλυμένα μάγουλα και αναλύοντας την όψη της είναι λίγο αναστατωμένη.

«Τι είδους θόρυβος είναι αυτός στην επιχείρησή μου; Δεν έχετε τρόπους;

«Λυπάμαι, αλλά ήταν ο μόνος τρόπος που μπορούσα να δω για να τραβήξω την προσοχή σας. Είστε ο ιδιοκτήτης του ξενοδοχείου; Θα χρειαστούμε διαμονή για τριάντα ημέρες. Θα σας πληρώσω γενναιόδωρα.

"Ναι, είμαι ο ιδιοκτήτης αυτού του ξενοδοχείου για περισσότερα από τριάντα χρόνια. Το όνομά μου είναι Κάρμεν. Έχω μόνο ένα δωμάτιο διαθέσιμο. Σας ενδιαφέρει; Το ξενοδοχείο δεν είναι πολυτελές, αλλά προσφέρει καλό φαγητό, φίλους, τακτικά καταλύματα και ένα συγκεκριμένο οικογενειακό περιβάλλον.

«Ναι, θα δεχτούμε. Είμαστε κουρασμένοι καθώς είχαμε ένα μακρύ ταξίδι. Η απόσταση από εδώ μέχρι την πρωτεύουσα είναι περίπου εκατό σαράντα μίλια.

"Λοιπόν, το δωμάτιο είναι δικό σας. Οι συμβατικές βάσεις θα καταλάβουμε αργότερα. Καλώς ήρθες. Ελάτε μέσα και χαλαρώστε. Νιώστε σαν στο σπίτι σας.

Περνάμε μέσα από τον κήπο που δίνει πρόσβαση στην είσοδο. Η καλή ξεκούραση και το καλό φαγητό θα μπορούσαν πραγματικά να ανασυνθέσουν τη δύναμή μας. Αυτή η κυρία που μας απάντησε και την οποία τώρα ακολουθήσαμε ήταν πραγματικά πολύ ωραία. Η διαμονή στο ξενοδοχείο δεν θα ήταν τόσο μονότονη. Όταν είχε λίγο χρόνο μπορούσαμε να μιλήσουμε και να γνωριστούμε καλύτερα. Επιπλέον, έπρεπε να μάθω ποιον θα έπρεπε να βοηθήσω και ποιες προκλήσεις έπρεπε να ξεπεράσω για να επανενώσεων τις «αντίπαλες δυνάμεις». Αυτό αντιπροσώπευε ένα ακόμη βήμα στην εξέλιξή μου ως διορατικός.

Η πόρτα ανοίγει η Κάρμεν και μπαίνουμε σε ένα μικρό δωμάτιο με έπιπλα που ταιριάζουν χαρακτηριστικά στην τρέχουσα εποχή και διακοσμημένα με αναγεννησιακούς πίνακες. Η ατμόσφαιρα είναι πραγματικά πολύ οικεία. Καθισμένοι σε ένα παγκάκι στη δεξιά πλευρά, είναι τρία άτομα. Ένας νεαρός άνδρας, περίπου είκοσι ετών, λεπτός, μαύρα μάτια και μαλλιά και πολύ όμορφος. Ένας άντρας περίπου σαράντα ετών, με καλή σωματική διάπλαση, μαύρα μαλλιά και καστανά μάτια, νεανικό αέρα και ένα ελκυστικό χαμόγελο. και ένας ηλικιωμένος άνδρας, με σκούρο δέρμα, σγουρά μαλλιά, με σοβαρή στάση και βλέμμα στο πρόσωπό του. Η Κάρμεν έκανε χειρονομία για να μας συστήσει:

«Αυτός είναι ο σύζυγός μου Κάρλος (δείχνοντας τον ηλικιωμένο άνδρα), και αυτοί είναι οι άλλοι καλεσμένοι μου: ο Ριβάνιο, (ο σαραντάχρονος), είναι γνωστός ως Μικρό βαν και είναι συνοδός στο σιδηροδρομικό σταθμό και ο Gomes (ο νεαρός άνδρας), είναι υπάλληλος στο γεωργικό κατάστημα.

«Το όνομά μου είναι Άλντιβαν και αυτός είναι ο ανιψιός μου, ο Ρενάτο.

Με τις παρουσιάσεις που γίνονται, η Κάρμεν μας οδηγεί στο δωμάτιό μας. Είναι ευρύχωρο, ελαφρύ και ευάερο. Υπάρχουν δύο κρεβάτια σε αυτό, και αυτό με κάνει πιο χαλαρό. Αφήνουμε τις τσάντες μας, φιλοξενούμε τον εαυτό μας και εκείνη τη στιγμή η Κάρμεν μας αφήνει. Θα ξεκουραστούμε λίγο και αργότερα θα γευματίσουμε.

Το Δείπνο

Μετά από έναν καλό ύπνο, ξύπνησα με τις δυνάμεις ανανεωμένες. Είμαι στο δωμάτιο του ξενοδοχείου μαζί με τον Ρενάτο. Η συνειδητό ήτα μου με βαραίνει καθώς συνειδητοποιώ ότι έχω πει ψέματα. Δεν είμαι από το Ρεσίφε, ούτε ο Ρενάτο είναι ανιψιός μου. Ωστόσο, ήταν καλύτερο. Ακόμα δεν ξέρω πραγματικά τους ανθρώπους στους οποίους συστήθηκα. Είναι καλύτερα να παραμείνετε στην άμυνα γιατί η εμπιστοσύνη είναι κάτι που κερδίζετε. Τώρα που το ξανασκέφτομαι, αν έλεγα την αλήθεια, θα με αποκαλούσαν τρελό. Η αλήθεια είναι ότι ανέβηκα στο βουνό ψάχνοντας για τα όνειρά μου. Εκτέλεσα τρεις προκλήσεις και μπήκα στη φοβερή σπηλιά της απελπισίας. Αποφεύγοντας τις παγίδες και τα σενάρια, έγινα ο Προφήτης και έκανα ένα ταξίδι στο χρόνο ψάχνοντας για το άγνωστο. Τώρα ήμουν εκεί ψάχνοντας για απαντήσεις. Σηκώνομαι από το κρεβάτι, ξυπνάω τον Ρενάτο και μαζί κατευθυνόμαστε προς την τραπεζαρία. Ήμασταν πεινασμένοι καθώς δεν έχουμε φάει για περίπου έξι ώρες.

Μπήκαμε στην τραπεζαρία, χαιρετήσαμε ο ένας τον άλλον και καθίσαμε. Η γιορτή που σερβίρετέ είναι ποικίλη και είναι τυπικά βορειοανατολική: Το πλιγούρι βρόμης καλαμποκιού με γάλα ή το στιφάδο καλαμποκιού με κοτόπουλο είναι οι επιλογές. Για επιδόρπιο, υπάρχει κέικ ζύμης μάνικάς. Μια συζήτηση ξεκινά και όλοι συμμετέχουν σε αυτήν.

«Λοιπόν, κύριε Άλντιβαν, τι κάνετε για τα προς το ζην και τι σας φέρνει σε αυτό το μικροσκοπικό μέρος; Ρώτησε την Κάρμεν.

«Είμαι ρεπόρτερ και δημοσιογράφος εκτός από καθηγητής μαθηματικών. Με έστειλε η εφημερίδα της πρωτεύουσας για να βρω μια καλή ιστορία. Είναι αλήθεια ότι αυτός ο τόπος κρύβει βαθιά μυστήρια;

«Υποθέτω. Ωστόσο, μας απαγορεύεται να μιλάμε γη 'αυτό. Σε περίπτωση που δεν γνωρίζατε, ζούμε σύμφωνα με τους νόμους και την εντολή της αυτοκράτειρας Κλεμίλντα. Είναι μια ισχυρή μάγισσα που χρησιμοποιεί σκοτεινές δυνάμεις για να τιμωρήσει εκείνους που δεν υπακούσουν. Μείνετε σε εγρήγορση: Μπορεί να ακούσει τα πάντα.

Για ένα δευτερόλεπτο, σχεδόν πνίγομαι στο φαγητό μου. Τώρα κατάλαβα το νόημα των σκοτεινών σύννεφων. Η ισορροπία των «αντίπαλων δυνάμεων» έσπασε. Αυτή η κακιά γυναίκα εμπόδιζε τις ακτίνες του ήλιου, το καθαρό φως του. Αυτή η κατάσταση δεν θα μπορούσε να παραμείνει έτσι για πολύ καιρό, διαφορετικά το Μιμόζο θα μπορούσε να χαθεί μαζί με τους κατοίκους του.

«Είναι αλήθεια ότι οι δημοσιογράφοι λένε πολλά ψέματα; Ρωτάει ο Ριβάνιο.

«Αυτό δεν συμβαίνει, τουλάχιστον στην περίπτωσή μου. Προσπαθώ να είμαι πιστός στις πεποιθήσεις μου και στις ειδήσεις. Ένας πραγματικός δημοσιογράφος είναι αυτός που είναι σοβαρός, ηθικός και παθιασμένος με το επάγγελμά του.

«Είσαι παντρεμένος; Ποιοι είναι οι στόχοι της ζωής σας; Ρωτάει η Κάρμεν.

«Όχι. Κάποτε κάποιος μου είπε ότι ο Θεός θα μου έστελνε κάποιον. Αυτή τη στιγμή επικεντρώνομαι στις σπουδές μου και στα όνειρά μου. Η αγάπη θα έρθει μια μέρα, αν είναι το πεπρωμένο μου.

«Κύριε Γκουμερσίντο, πείτε μου για τον Μιμόζο.

«Είναι σαν να είπε η γυναίκα μου, κύριε, μας απαγορεύεται να μιλήσουμε για την τραγωδία που συνέβη εδώ πριν από μερικά χρόνια. Από τότε που η Κλεμίλντα άρχισε να βασιλεύει, η ζωή μας δεν ήταν η ίδια.

Το συναίσθημα ξεπέρασε όλους όσους ήταν στο δωμάτιο. Δάκρυα ξεχείλιζαν επίμονα στο πρόσωπο του Γκουμερσίντο. Αυτό ήταν το πρόσωπο ενός φτωχού ανθρώπου που είχε κουραστεί από τη σκληρή δικτατορία αυτής της γοητευτικής. Η ζωή είχε χάσει το νόημά της για αυτούς τους ανθρώπους. Το μόνο που τους απέμενε ήταν να πεθάνουν με πολύ λίγη ελπίδα ότι κάποιος θα τους βοηθούσε.

«Ηρέμησε, όλοι. Δεν είναι το τέλος του κόσμου. Αυτή η κατάσταση ύπαρξης δεν μπορεί να διαρκέσει για πολύ. Οι αντίθετες δυνάμεις του κόσμου πρέπει να παραμείνουν σε ισορροπία. Μην ανησυχείς. Θα σε βοηθήσω.

«Πώς; Η μάγισσα έχει δυνάμεις πάνω στους ανθρώπους. Οι πληγές της έχουν καταστρέψει πολλές ζωές. (Γκόμες)

«Οι δυνάμεις του καλού είναι επίσης ισχυρές. Είναι ικανοί να αποκαταστήσουν την ειρήνη και την αρμονία εδώ. Πίστεψέ με.

Τα λόγια μου δεν φαίνεται να έχουν το επιθυμητό αποτέλεσμα. Η συζήτηση αλλάζει και δεν μπορώ να επικεντρωθώ σε αυτό. Τι σκέφτονταν αυτοί οι άνθρωποι; Ο Θεός νοιαζόταν πραγματικά γι' αυτούς. Διαφορετικά, δεν θα ανέβαινα το βουνό, δεν θα αντιμετώπιζα τις προκλήσεις, δεν θα είχα ξεπεράσει τη σπηλιά και δεν θα συναντούσα τον φύλακα. Όλα αυτά ήταν ένα σημάδι ότι τα πράγματα θα μπορούσαν να αλλάξουν. Ωστόσο, δεν ήξεραν. Χρειαζόταν υπομονή για να τους πείσω να μου πουν την αλήθεια, ή τουλάχιστον να μου δείξουν έναν τρόπο. Τελειώνω το δείπνο μαζί με τον Ρενάτο. Σηκώνομαι από το τραπέζι, δικαιολογούμαι και κοιμάμαι. Η επόμενη μέρα θα είναι ζωτικής σημασίας για τα σχέδιά μου.

Μια βόλτα στο χωριό

Εμφανίζεται μια νέα μέρα. Ο ήλιος ανατέλλει, τα πουλιά κελαηδούν και η φρεσκάδα του πρωινού περιβάλλει ολόκληρο το δωμάτιο του ξενοδοχείου στο οποίο βρισκόμαστε. Ξυπνάω νιώθοντας απαίσια. Ο Ρενάτο είναι ήδη ξύπνιος. Τεντώνω, βουρτσίζω τα δόντια μου και κάνω ντους. Αυτό που άκουσα το προηγούμενο βράδυ με κάνει να ανησυχώ λίγο. Πώς θα μπορούσε ο Μιμόζο να κυριαρχείται από μια κακιά μάγισσα; Υπό ποιες συνθήκες; Το μυστήριο ήταν πολύ βαθύ για μένα. Ο Χριστιανισμός εφαρμόστηκε στην Αμερική τον δέκατο έκτο αιώνα και από τότε, έχει γίνει υπέρτατος, χαλιναγωγώντας ολόκληρη την ήπειρο. Γιατί λοιπόν, εκεί, στη μέση του πουθενά, κυριαρχούσε το κακό; Έπρεπε να μάθω τις αιτίες και τους λόγους για αυτό.

Φεύγω από το δωμάτιο και κατευθύνομαι προς την κουζίνα για να πάρω πρωινό. Το τραπέζι είναι στρωμένο και μπορώ να δω μερικά καλούδια: Μανιόκα, ταπιόκα και πατάτα. Αρχίζω να υπηρετώ τον εαυτό μου επειδή αισθάνομαι σαν στο σπίτι μου. Οι άλλοι επισκέπτες φτάνουν και ενεργούν παρόμοια. Κανείς δεν αγγίζει το θέμα της προηγούμενης νύχτας και κανείς δεν τολμά να το κάνει. Η Κάρμεν πλησιάζει και μου προσφέρει ένα φλιτζάνι τσάι. Δέχομαι. Τα τσάγια είναι καλά για την ανακούφιση του πόνου της καρδιάς και την ανύψωση του πνεύματος κάποιου. Συνομιλώ μαζί της.

«Θα μπορούσες να βάλεις κάποιον να με καθοδηγήσει ενώ ήμουν στο Μιμόζο; Θα ήθελα να κάνω κάποιες συνεντεύξεις.

«Δεν είναι απαραίτητο, αγαπητέ μου. Το Μιμόζο δεν είναι τίποτα περισσότερο από ένα χωριό.

«Φοβάμαι ότι με παρεξηγήσατε. Θέλω κάποιον που να είναι οικείος με τους ανθρώπους, κάποιον που μπορώ να εμπιστευτώ.

«Λοιπόν, δεν μπορώ γιατί έχω πολλά καθήκοντα. Όλοι οι καλεσμένοι μου εργάζονται. Έχω μια ιδέα: Αναζητήστε τον Φίλιππος, γιο του ιδιοκτήτη της Αποθήκης. Έχει ελεύθερο χρόνο.

«Ευχαριστώ για τη συμβουλή. Ξέρω πού βρίσκεται η αποθήκη στο κέντρο της πόλης. Θα τηλεφωνήσω στον Ρενάτο και θα πάμε μαζί.

«Υπέροχο. Σας εύχομαι καλή τύχη.

Καλώ τον Ρενάτο που είναι ακόμα στο δωμάτιο του ξενοδοχείου. Ομοίως, ελπίζω ότι θα έχει πρωινό, ώστε να μπορέσουμε να φύγουμε. Θα μπορέσω να λάβω ακριβείς πληροφορίες σχετικά με την περίπτωση του Μιμόζο; Ήμουν πρόθυμος να μάθω. Ο Ρενάτο τελειώνει το πρωινό του. αποχαιρετούμε την Κάρμεν και τελικά φεύγουμε. Η πλατεία δίπλα στο ξενοδοχείο είναι γεμάτη από νέους και παιδιά. Τα μικρά παιδιά στέκονται τριγύρω και μιλάνε μεταξύ τους και τα παιδιά παίζουν. Παρατηρώ όλο τον ενθουσιασμό ενώ περνάω. Γυρίζω τη γωνία με κατεύθυνση το κέντρο της πόλης και φτάνω γρήγορα στην αποθήκη. Ένας άνδρας περίπου πενήντα ετών είναι ο συνοδός. Κάνω σήμα για να έρθει ο άνθρωπος.

«Πώς μπορώ να σε βοηθήσω;

«Ψάχνω τον Φίλιππος. Πού είναι, παρακαλώ;

«Ο Φίλιππος είναι ο γιος μου. Μια στιγμή, θα τον καλέσω. Είναι στην αποθήκη.

Ο άντρας φεύγει και λίγο μετά επιστρέφει συνοδευόμενος από μια νεαρή κοκκινομάλλα, και ενώ ο κοκαλιάρης είναι χτισμένος σαν ένας άνθρωπος περίπου δεκαεπτά ετών.

«Είμαι ο Φίλιππος. Τι χρειαζόσασταν;

«Η Κάρμεν σε σύστησε σε μένα. Χρειάζομαι να με συνοδεύσετε σε κάποιες συνεντεύξεις. Το όνομά μου είναι Άλντιβαν, χαίρομαι που σε γνώρισα.

«Σίγουρα, ευχαρίστησή μου, θα σας συνοδεύσω. Έχω λίγο ελεύθερο χρόνο. Μπορούμε να ξεκινήσουμε με το φαρμακείο που βρίσκεται δίπλα. Ο ιδιοκτήτης είναι γνώστης του τόπου, καθώς είναι εδώ από την ίδρυση.

«Τέλεια. Πάμε.

Συνοδευόμενος από τον Ρενάτο και τον Φίλιππος πηγαίνω στο Φαρμακείο όπου θα κάνω την πρώτη μου συνέντευξη. Το γεγονός ότι δεν είμαι αληθινός δημοσιογράφος με κάνει λίγο νευρικό και ανήσυχο. Ελπίζω να τα πάω καλά. Μετά από όλα, ανέβηκα στο βουνό, έκανα τρεις προκλήσεις και πέρασα τη δοκιμασία του σπηλαίου. Μια απλή συνέντευξη δεν θα με γκρεμίσει. Φτάνοντας στο φαρμακείο, μας παρακολουθούν πολύ γρήγορα. Είμαστε παρόντες στον ιδιοκτήτη. Του ζητώ να του πάρω συνέντευξη και συμφωνεί. Αποσυρόμαστε σε μια πιο κατάλληλη τοποθεσία όπου μπορούμε να είμαστε μόνοι και να μιλάμε. Ξεκινώ τη συνέντευξη ντροπαλά.

«Είναι αλήθεια ότι είστε ένας από τους παλαιότερους κατοίκους, ένας από τους ιδρυτές αυτού του τόπου;

«Ναι, και μη με αποκαλείτε κύριε. Το όνομά μου είναι Φάμπιο. Ο Μιμόζο άρχισε πραγματικά να ξεχωρίζει από την εμφύτευση του σιδηροδρομικού τμήματος. Η πρόοδος και η σύγχρονη τεχνολογία έφτασαν το 1909 με τα μεγάλα δυτικά τρένα Το εμπόριο εφαρμόστηκε και το Μιμόζο έγινε μια από τις μεγαλύτερες αποθήκες της περιοχής, δεύτερη μετά την Καρμπάης. Μιμόζο προορίζεται να μεγαλώσει και γη 'αυτό είμαι εδώ.

«Η ζωή εδώ ήταν πάντα ομαλή ή βίωνε τραγικά γεγονότα;

«Ναι, ήταν. Τουλάχιστον μέχρι πριν από ένα χρόνο. Από τότε, δεν ήταν το ίδιο. Οι άνθρωποι είναι λυπημένοι και έχουν χάσει κάθε ελπίδα.

Ζούμε υπό δικτατορία. Το φορολογικό βάρος είναι πολύ υψηλό, δεν έχουμε ελευθερία λόγου και πρέπει να μετατρέψουμε τις ψήφους μας σε κρυφές δυνάμεις. Η θρησκεία για εμάς έχει γίνει συνώνυμη με την καταπίεση. Οι Θεοί μας είναι σκληροί Θεοί που θέλουν αίμα και εκδίκηση. Έχουμε χάσει την πραγματική επαφή με τον Θεό Πατέρα, τον Ένα και μοναδικό.

«Πείτε μου για το τι συνέβη πριν από ένα χρόνο.

«Δεν θέλω και δεν μπορώ καν να μιλήσω για την τραγωδία. Είναι πολύ οδυνηρό.

«Σας παρακαλώ, χρειάζομαι αυτές τις πληροφορίες.

«Όχι. Η οικογένειά μου θα υπέφερε αν σας το έλεγα. Τα πνεύματα μπορούν να ακούσουν τα πάντα και θα το έλεγαν στην Κλεμίλντα. Δεν μπορούσα να πάρω τόσο μεγάλο ρίσκο.

Επιμένω, ξανά και ξανά, αλλά γίνεται ανένδοτος. Ο φόβος τον έχει κάνει δειλό και μικρόψυχο. Αποσύρεται από τον τόπο χωρίς περαιτέρω εξηγήσεις. Είμαι μόνος, ανήσυχος και γεμάτος ερωτήσεις. Γιατί φοβούνται τόσο πολύ αυτή τη μάγισσα; Για ποια τραγωδία μίλησε; Χρειαζόμουν αυτές τις πληροφορίες για να ξέρω σε ποιο έδαφος στεκόμουν. Ήμουν ο Μάντης, προικισμένος με δώρα, αλλά αυτό δεν το διευκόλυνε. Αν αυτή η Κλεμίλντα κυβερνούσε τις σκοτεινές δυνάμεις, θα ήταν ένας τρομερός αντίπαλος. Η μαύρη μαγεία μπορεί να συλλάβει οποιονδήποτε άνθρωπο, ακόμη και τον πιο καλοπροαίρετο. Η σύγκρουση των «αντίπαλων δυνάμεων» θα μπορούσε να καταστρέψει το σύμπαν, και αυτό ήταν το πιο απομακρυσμένο πράγμα από το μυαλό μου. Χρειαζόταν αμέσως προσοχή. Αυτό που ήταν σαφές για μένα ήταν ότι η ισορροπία των «αντίπαλων δυνάμεων» είχε σπάσει και ήταν η αποστολή μου να την επανενώσεων. Αλλά για αυτό, ήταν απαραίτητο να γνωρίζουμε ολόκληρη την ιστορία. Φεύγω με αυτή τη σκέψη. Βρίσκω τον Ρενάτο και τον Φίλιππος και φεύγουμε για νέες συνεντεύξεις. Επιπλέον, ελπίζω να τα καταφέρω.

Είμαι εντελώς απογοητευμένος μετά τις συνεντεύξεις. Δεν πήρα όλες τις πληροφορίες που χρειάζομουν. Τι είδους δημοσιογράφος ήμουν; Νομίζω ότι θα έπρεπε να είχα παρακολουθήσει ένα μάθημα δημοσιογραφίας. Όλα τα άτομα που πήρα συνέντευξη, ο φούρναρης και ο σιδεράς, επανέλαβαν αυτό που ήδη ήξερα. Ο Ρενάτο και ο Φίλιππος προσπαθούν να με παρηγορήσουν, αλλά δεν μπορώ να συγχωρήσω τον εαυτό μου. Τώρα ήμουν χαμένος, στο τέλος του κόσμου όπου ο πολιτισμός δεν έχει φτάσει ακόμα. Η μόνη πληροφορία που ήξερα ήταν ότι η Μιμόζο κυβερνιόταν από μια κακιά μάγισσα. Η κραυγή που άκουσα στη σπηλιά της απελπισίας με έκανε ακόμα να ζαλίζομαι. Ποιος ήταν αυτός που χρειαζόταν τόσο πολύ τη βοήθειά μου; Επικεντρωνόμουν σε αυτή την κραυγή και, βοηθούμενος από τις δυνάμεις μου, είχα έρθει στο Μιμόζο μέσω ταξιδιού στο χρόνο. Οι στόχοι αυτού του ταξιδιού δεν ήταν ακόμη σαφείς για μένα. Ο φύλακας είχε μιλήσει για επανένωση των «αντίπαλων δυνάμεων» αλλά δεν είχα ιδέα πώς να το κάνω αυτό. Αυτό που ήξερα είναι ότι ακόμα δεν είχα τον πλήρη έλεγχο των «αντίπαλων δυνάμεών» μου και αυτό με στενοχώρησε ακόμα περισσότερο. Λοιπόν, τώρα δεν ήταν η ώρα να αποθαρρυνθούμε. Είχα ακόμα είκοσι οκτώ ημέρες για να επιλύσω αυτό το ζήτημα. Το καλύτερο τώρα ήταν να επιστρέψω στο ξενοδοχείο και να συγκεντρώσω τη δύναμή μου, όπως θα το χρειαζόμουν. Ο Ρενάτο και ο Φίλιππος ήταν μαζί μου και στο δρόμο, γνωριστήκαμε καλύτερα. Είναι τέλειοι άνθρωποι. Δεν αισθάνομαι τόσο μόνος σε αυτό το μέρος που κυριαρχείται από τις δυνάμεις από κάτω και είναι γεμάτο μυστήρια.

Το Μαύρο Κάστρο

Είμαστε στην τρίτη μας μέρα μετά το ταξίδι στο χρόνο. Η προηγούμενη μέρα δεν είχε αφήσει καλές αναμνήσεις. Μετά τις συνεντεύξεις, αποφάσισα να περάσω το υπόλοιπο της ημέρας στο ξενοδοχείο, βρίσκοντας τον εαυτό μου. Αυτό ήταν το σημείο εκκίνησής μου: Βρεθώ για να επιλύσω σημαντικά ζητήματα. Ο Ρενάτο ακόμα δεν με έχει βοηθήσει καθόλου μέχρι στιγμής. Νομίζω ότι ο φύλακας έκανε λάθος που τον έστειλε μαζί μου. Άλλωστε, ήταν απλώς ένα παιδί και ως εκ τούτου δεν είχε πολλές ευθύνες. Η κατάστασή μου ήταν εντελώς διαφορετική. Ήμουν ένας νέος άνδρας είκοσι έξι ετών, ένας διοικητικός βοηθός, με πτυχίο στα μαθηματικά και πολλούς στόχους. Δεν είχα χρόνο να σκεφτώ την αγάπη ή τον εαυτό μου επειδή ήμουν σε μια αποστολή, παρόλο που δεν ήξερα ακριβώς τι ήταν αυτό. Η μόνη βεβαιότητα που είχα ήταν ότι ανέβηκα στο βουνό, συνειδητοποίησα τις προκλήσεις, βρήκα το νεαρό κορίτσι, το φάντασμα, το παιδί και τον φύλακα και πέρασα τις εξετάσεις μέσα στη σπηλιά. Έγινα ο Μάντης, αλλά δεν ήταν μόνο αυτό. Έπρεπε να ξεπερνώ τις προκλήσεις της ζωής συνεχώς. Λοιπόν, μια νέα μέρα ξημερώνει, και μαζί της νέες ελπίδες. Σηκώνομαι, κάνω ένα ντους και παίρνω πρωινό, βουρτσίζω τα δόντια μου και αποχαιρετώ την Κάρμεν. Η προηγούμενη μέρα ξύπνησε μέσα μου μια νέα ιδέα: Να γνωρίσω τον εχθρό μου από κοντά και να κλέψω πληροφορίες από αυτούς. Ήταν η μόνη διέξοδος.

Βγαίνω στο δρόμο και βλέπω την παιδική χαρά και όλους να κάθονται στα παγκάκια. Ενεργούν κανονικά σαν να ήταν σε μια κανονική κοινότητα. Συμμορφώθηκαν. Τα ανθρώπινα όντα συνηθίζουν σε οτιδήποτε ακόμη και σε περιόδους καταστροφής. Συνεχίζω να περπατάω. Γυρίζω τη γωνία, συναντώ μερικούς ανθρώπους και παραμένω σταθερός στην αποφασιστικότητά μου. Οι προκλήσεις του σπηλαίου με βοήθησαν να χάσω τον φόβο μου για κάθε είδους περίσταση. Βρήκα τρεις πόρτες που αντιπροσωπεύουν τον φόβο, την αποτυχία και την ευτυχία. Επέλεξα την ευτυχία και διέθεσα τα υπόλοιπα. Ομοίως, ήμουν έτοιμος για νέες προκλήσεις. Γυρίζω μια άλλη γωνία και έρχομαι στη δυτική πλευρά του χωριού. Εμφανίζεται ένα μεγάλο κάστρο. Πρόκειται για ένα επιβλητικό κτίριο που αποτελείται από δύο κύριους πύργους και έναν δευτερεύοντα πύργο. Η κατοικία είναι μαύρη βαμμένη πλινθοδομή. Κακό γούστο, χαρακτηριστικό ενός κακού. Η καρδιά μου τρέχει και τα βήματά μου το κάνουν επίσης. Το μέλλον του Μιμόζο εξαρτιόταν από τη στάση μου. Διακυβεύονταν αθώες ζωές και δεν θα επέτρεπα άλλες αδικίες. Χτυπάω τα χέρια μου, ελπίζοντας να τραβήξω την προσοχή κάποιου στο σπίτι. Ένα γεροδεμένο αγόρι, ψηλό και σκουρόχρωμο δέρμα, βγαίνει από το εσωτερικό του σπιτιού.

«Τι χρειαζόσουν;

«Είμαι εδώ για να δω την Κλεμίλντα.

«Είναι απασχολημένη τώρα. Ελάτε μια άλλη φορά.

«Περίμενε μια στιγμή. Είναι σημαντικό. Είμαι δημοσιογράφος για την Καθημερινή Εφημερίδα και έχω έρθει να κάνω ένα ειδικό ρεπορτάζ για εκείνη. Απλά δώστε μου πέντε λεπτά.

«Δημοσιογράφοι; Λοιπόν, νομίζω ότι θα της αρέσει αυτό. Θα σας ανακοινώσω την άφιξή σας.

«Δεν χρειάζεται. Επιτρέψτε μου να έρθω μαζί σας.

Ο άνδρας σηματοδοτεί "ναι" και ξεκινώ τα πολυάριθμα βήματα που δίνουν πρόσβαση στην μπροστινή πόρτα. Ένα ρίγος διαπερνά το σώμα μου και επίμονες φωνές με προειδοποιούν να μην μπω μέσα. Μια γάτα περνάει και αναβοσβήνει τα άγρια νύχια της. Προσεύχομαι εσωτερικά ώστε ο Θεός να μου δώσει τη δύναμη να αντέξω οποιαδήποτε κατάσταση. Το αγόρι με συνοδεύει και μπαίνουμε μέσα. Η πόρτα δίνει πρόσβαση σε ένα μεγάλο, περίτεχνο φουαγιέ γεμάτο χρώματα και ζωή. Στη δεξιά πλευρά, υπάρχει πρόσβαση σε περισσότερους από τρεις ακόμη θαλάμους. Στο κέντρο υπάρχουν εικόνες αγίων με κέρατα, κρανία και άλλα αμαρτωλά αντικείμενα. Στην αριστερή πλευρά υπάρχουν παράξενοι πίνακες ζωγραφικής. Το σενάριο είναι τρομακτικό και δεν μπορώ να το περιγράψω πλήρως. Οι αρνητικές δυνάμεις κυριαρχούν στον τόπο και με ζαλίζουν, καθώς πρόκειται για σύγκρουση των «αντίπαλων δυνάμεων». Ο άνδρας σταματά μπροστά σε ένα από τα διαμερίσματα και χτυπάει. Η πόρτα ανοίγει, ο καπνός ανεβαίνει και εμφανίζεται μια παχιά, μαύρη γυναίκα με έντονα χαρακτηριστικά, περίπου σαράντα ετών.

«Σε τι χρωστάω την τιμή του Μάντη αυτοπροσώπως που έρχεται να με επισκεφθεί;

Κάνει σήμα για να εξαφανιστεί ο άντρας. Είμαι εντελώς μπερδεμένος από τη στάση της. Πώς με ήξερε; Μήπως ήξερε για το βουνό και τη σπηλιά; Τι παράξενες δυνάμεις είχε αυτή η γυναίκα; Αυτό και πολλά άλλα ερωτήματα πέρασαν από το μυαλό μου εκείνη τη στιγμή.

«Βλέπω ότι με ξέρεις. Τότε θα πρέπει να ξέρετε γιατί ήρθα εδώ. Θέλω να μάθω για την τραγωδία και πώς έχετε κυριαρχήσει σε ένα τόσο ήσυχο μέρος.

«Τραγωδία; Ποια τραγωδία; Τίποτα δεν συνέβη εδώ. Έχω τροποποιήσει μόνο το μέρος λίγο για να το κάνω να γίνει πιο ευχάριστο. Άνθρωποι με την ψεύτικη ευτυχία τους... πήραν τα νεύρα μου και αποφάσισα να το αλλάξω. Το Μιμόζο έγινε ιδιοκτησία μου και ούτε καν μπορείτε να κάνετε τίποτα γη 'αυτό. Οι ψυχικές σου δυνάμεις δεν είναι τίποτα σε σύγκριση με τις δικές μου.

«Κάθε κακός είναι αυτάρεσκος και περήφανος. Και οι δύο γνωρίζουμε ότι αυτή η κατάσταση δεν μπορεί να συνεχιστεί για πολύ. Οι «αντίθετες δυνάμεις» πρέπει να παραμείνουν σε ισορροπία σε ολόκληρο το σύμπαν. Το καλό και το κακό δεν μπορούν να αντιταχθούν το ένα στο άλλο, γιατί διαφορετικά το σύμπαν κινδυνεύει να εξαφανιστεί.

«Δεν με απασχολεί το σύμπαν ή οι άνθρωποί του! Δεν είναι παρά έντομα. Το Μιμόζο είναι ο τομέας μου και πρέπει να το σεβαστείτε αυτό. Αν μου εναντιωθείτε, θα υποφέρετε. Απλά πρέπει να αναφέρω μια λέξη στον ταγματάρχη και θα σας συλλάβω.

«Με απειλείς; Δεν φοβάμαι τις απειλές. Είμαι ο Μάντης που ανέβηκε στο βουνό, ολοκλήρωσε τρεις προκλήσεις και νίκησε τη σπηλιά μία.

«Φύγε από εδώ, πριν σε μαγειρέψω στο καζάνι μου. Έχω βαρεθεί την αρετή σου. Με αηδιάζει.

«Θα πάω, αλλά θα ξανασυναντηθούμε. Το καλό πάντα επικρατεί στο τέλος.

Γρήγορα, την αφήνω και περπατάω προς την πόρτα. Καθώς φεύγω, ακούω ακόμα τα κελαηδίσματα της. Είναι αρκετά τρελή. Τα ερωτήματά μου παραμένουν αναπάντητα και παραμένω άσκοπος και χωρίς σημάδια. Η συνάντηση με την Κλεμίλντα δεν είχε εκπληρώσει τον στόχο μου.

Τα ερείπια του παρεκκλησίου

Φεύγοντας από το μαύρο κάστρο, αποφασίζω να ακολουθήσω ένα άλλο μονοπάτι. Θέλω να δω λίγο περισσότερο την πόλη και τους ανθρώπους της. Περπατώντας προς τα ανατολικά, βρίσκω μερικούς και προσπαθώ να κάνω συζήτηση. Ωστόσο, με αποφεύγουν. Η δυσπιστία τους είναι ακόμη μεγαλύτερη επειδή είμαι ένας άγνωστος, νέος δημοσιογράφος. Δεν ξέρουν τις πραγματικές μου προθέσεις. Θέλω να σώσω τον Μιμόζο, να βρω το άτομο που ψάχνω και να επανενώσεων τις «αντίπαλες δυνάμεις» όπως μου ζήτησε ο φύλακας. Αλλά για αυτό, ήταν απαραίτητο να δανειστώ λίγο από την ιστορία του τόπου και να γνωρίζω ακριβώς όλους τους εχθρούς μου. Θα έπρεπε να τα βρω όλα αυτά το συντομότερο δυνατό, επειδή είχα μια προθεσμία να τηρήσω. Η ανάβαση του βουνού, οι προκλήσεις, το σπήλαιο, όλα αυτά ήταν απαραίτητες γνώσεις για να ξέρω πώς ήταν η ζωή και πώς τη ζούσαν οι άνθρωποι. Ήταν καιρός να το θέσουμε σε εφαρμογή. Γυρίζω στη γωνία και λίγα μέτρα μπροστά συναντώ ένα σωρό από μπάζα. Σκέφτομαι την έλλειψη οργάνωσης του τόπου και των ανθρώπων του. Τα σκουπίδια επιπλέουν ελεύθερα μεταξύ της κοινωνίας και είναι σε θέση να μεταδώσουν ασθένειες και να χρησιμεύσουν ως φυτώριο ζώων και εντόμων. αυτό ήταν επιβλαβές για τον άνθρωπο. Πλησιάζω για μια καλύτερη ματιά στη συμφορά του τόπου. Περίμενε. Υπάρχει κάτι διαφορετικό σε αυτά τα σκουπίδια. βλέπω έναν τεράστιο ξύλινο σταυρό σαν να ήταν από ένα παρεκκλήσι. Μετακινώ τα σκουπίδια καλύτερα και μπορώ να δω καθαρά: Είναι ένας εσταυρωμένος. Μόλις το αγγίξω, ένα κύμα θερμότητας διαπερνά ολόκληρο το σώμα μου και αρχίζω να έχω οράματα. Βλέπω αίμα, πόνο και πόνο. Για μια στιγμή, βρίσκομαι σε αυτή την τοποθεσία, συμμετέχοντας σε εκδηλώσεις του παρελθόντος. Βγάζω το χέρι μου από τον Εσταυρωμένο. Δεν είμαι ακόμα έτοιμος. Επιπλέον, χρειάζομαι λίγο χρόνο για να απορροφήσω όλα όσα έχω νιώσει σε λιγότερο από τρία δευτερόλεπτα. Ο σταυρός κατά κάποιο τρόπο ενισχύει τις δυνάμεις μου και αρχίζω να αισθάνομαι τη δράση μιας δύναμης που αντιτίθεται στη δική μου.

Το Τάγμα

Η επίσκεψή μου στην επίφοβη, σκοτεινή μάγισσα που ονομάζεται Κλεμίλντα δεν την είχε αφήσει ευτυχισμένη. Ποτέ δεν είχε διαψευστεί. Ο τομέας της πάνω στην κοινότητα του Μιμόζο ήταν εντελώς απεριόριστος. Ωστόσο, δεν είχε μετρήσει με βάση το καλό, στέλνοντάς με σε ένα ταξίδι πίσω στο χρόνο στον τόπο. Αμέσως μετά την αναχώρησή μου από το κάστρο, επανενώθηκε με τους λακέδες της, τον Τοτόνιο και τον Κλάιντε, και συμβουλεύτηκαν τις αποκρυφιστικές δυνάμεις. Μπήκαν στο αριστερό διαμέρισμα που βρίσκεται στην αίθουσα και πήραν, ως θυσία, ένα μικρό γουρούνι. Η μάγισσα πήρε ένα βιβλίο και άρχισε να απαγγέλλει σατανικές προσευχές σε μια άλλη γλώσσα και αυτή και οι φίλοι της άρχισαν να θυσιάζουν το φτωχό ζώο. Ένα ίχνος αίματος γέμισε το διαμέρισμα και οι αρνητικές δυνάμεις άρχισαν να συγκεντρώνονται. Ο φυσικός φωτισμός της περιοχής μειώθηκε και η μάγισσα άρχισε να ουρλιάζει τρελά. Σε σύντομο χρονικό διάστημα, το σκοτάδι ανέλαβε τον περίβολο και μια πόρτα επικοινωνίας μεταξύ των δύο κόσμων άνοιξε μέσα από έναν καθρέφτη. Η Κλεμίλντα ενήργησε με ευλάβεια στον Κύριό της και άρχισε να αναφέρεται σε αυτόν. Ήταν η μόνη σε αυτή την ένωση που είχε αυτή την ικανότητα. Ο αμαρτωλός χρησμός και ο υποδοχέας της ήταν σε πλήρη κοινωνία για κάποιο χρονικό διάστημα. Οι άλλοι απλώς παρακολουθούσαν την όλη κατάσταση. Μετά τη συνάντηση, το σκοτάδι διαλύθηκε και ο χώρος επέστρεψε στην αρχική του κατάσταση. Η Κλεμίλντα ανέκτησε τον εαυτό της από τον αντίκτυπο της συνομιλίας, κάλεσε τους βοηθούς της και τους είπε:

«Διαδώστε σε όλη την κοινότητα την ακόλουθη σειρά: Όποιος, άνδρας ή γυναίκα, δώσει οποιαδήποτε πληροφορία σε έναν άνδρα που ονομάζεται Προφήτης θα τιμωρηθεί αυστηρά. Ο θάνατός του θα είναι τραγικός και θα σηματοδοτήσει το πέρασμά τους στη σφαίρα του σκότους. Αυτό είναι το τάγμα της βασίλισσας Κλεμίλντα για όλους τους Μιμόζο.

Βιαστικά οι λακέδες της Κλεμίλντα πήγαν να εκπληρώσουν τη διαταγή να ανακοινώσουν τα νέα στους κατοίκους του χωριού, στις γειτονικές τοποθεσίες και στις γεωργικές εκτάσεις.

Συνάντηση Κατοίκων

Με την εντολή που εξέδωσε η Κλεμίλντα, οι κάτοικοι ήταν ακόμη πιο επιφυλακτικοί στο θέμα. Ο Φάμπιο, ο ιδιοκτήτης του φαρμακείου και πρόεδρος της ένωσης ιδιοκτητών σπιτιού, συγκάλεσε επείγουσα συνάντηση με τους κύριους ηγέτες του τόπου. Η συνάντηση ήταν προγραμματισμένη στις 10:00 π.μ. στο κτίριο της ένωσης στο κέντρο της πόλης. Θα σχεδίαζαν την υπόθεσή μου.

Την καθορισμένη ώρα, η κύρια αίθουσα του κτιρίου ήταν γεμάτη. Παρόντες ήταν ο ταγματάρχης Κουιντίνο, ο εκπρόσωπος Πομπήιος, ο Ομάρ (αγρότης), ο Σέκο(ιδιοκτήτης της αποθήκης) και ο Οτάβιο (ιδιοκτήτης του αγροτικού καταστήματος), μεταξύ άλλων. Ο Φάμπιο, ο πρόεδρος, ξεκίνησε τη σύνοδο:

«Λοιπόν, φίλοι μου, όπως όλοι γνωρίζετε, η Κλεμίλντα κυκλοφόρησε μια παραγγελία χθες το απόγευμα. Κανείς δεν πρέπει να μεταβιβάζει οποιαδήποτε πληροφορία σε ένα θέμα που ονομάζεται "ο Προφήτης" που μένει στο ξενοδοχείο. Βλέπω ότι αυτό το άτομο είναι πολύ επικίνδυνο και πρέπει να περιοριστεί. Προσπάθησε ακόμη και να συγκεντρώσει κάποιες πληροφορίες από μένα, αλλά απέτυχε. Ήθελε να μάθει για την τραγωδία.

«Ο Μάντης; Δεν έχω ακούσει για αυτό το άτομο. Από πού προέρχεται; Ποιος είναι αυτός; Τι θέλει με το μικρό μας χωριό; (Ρώτησε ο ταγματάρχης)

«Εύκολο, Ταγματάρχη. Εξακολουθούμε να μην το γνωρίζουμε αυτό. Η μόνη πληροφορία που έχουμε είναι ότι είναι ένας μυστηριώδης ξένος. Πρέπει να αποφασίσουμε τι θα κάνουμε μαζί του. (Φάμπιο)

«Περιμένετε λεπτό, παιδιά. Από ό,τι ξέρω, δεν είναι εγκληματίας. Ο γιος μου Φίλιππος τον συνόδευσε σε μια βόλτα στην πόλη και μου είπε ότι είναι ένας καλός, έντιμος άνθρωπος. (Σέκο)

«Τα φαινόμενα μπορεί να είναι απατηλά, γιε μου. Αν η Κλεμίλντα μας έχει βάλει αυτή την εντολή, τότε αυτός ο άνθρωπος έχει γίνει κίνδυνος για εμάς. Θα πρέπει να τον διώξουμε το συντομότερο δυνατόν. (Οτάβιο)

"Εάν χρειάζεστε τις υπηρεσίες μου, είμαι διαθέσιμος. (Πομπέ, ο εκπρόσωπος)

Μια μικρή διαταραχή εμφανίζεται στη συναρμολόγηση. Κάποιοι αρχίζουν να διαμαρτύρονται. Ο Πομπέος σηκώνεται, συμβουλεύεται τον ταγματάρχη και λέει:

«Ας συλλάβουμε αυτόν τον άνθρωπο. Στη φυλακή, θα του θέσουμε όλες τις απαραίτητες ερωτήσεις.

Η ομάδα αποσυναρμολογείται με την εντολή να με συλλάβει. Μήπως ήμουν εγκληματίας;

Αποφασιστική συνομιλία

Αφήνω τα ερείπια του παρεκκλησίου και αρχίζω να περπατάω προς το ξενοδοχείο. Η έκτη μου αίσθηση μου λέει ότι κινδυνεύω. Στην πραγματικότητα, από τότε που ήμουν στο Μιμόζο, πάντα με προειδοποιούσε για το πού πήγαινα. Ένα χωριό που κυριαρχείται από τις σκοτεινές δυνάμεις δεν ήταν μια καλή επιλογή διακοπών. Ωστόσο, θα έπρεπε να εκπληρώσω την υπόσχεση που δόθηκε στον φύλακα του βουνού: Να επανενώσεων τις «αντίπαλες δυνάμεις» και να βοηθήσω τον ιδιοκτήτη αυτής της κραυγής που άκουσα στη σπηλιά της απελπισίας. Δεν θα μπορούσα ποτέ να εγκαταλείψω αυτή την αποστολή. Τα βήματά μου επιταχύνονται και σύντομα φτάνω στο ξενοδοχείο. Ανοίγω την πόρτα, πηγαίνω στην κουζίνα και βρίσκω την Κάρμεν, την τελευταία μου ελπίδα. Ένιωσα αρκετό θάρρος και υπολόγιζα στην καλοσύνη για να με βοηθήσω.

«Κυρία Κάρμεν, πρέπει να μιλήσω μαζί σας, κυρία.

«Πες μου, Άλντιβαν, τι θέλεις;

«Θέλω να μάθω τα πάντα για την τραγωδία και την ιστορία του Μιμόζο.

«Γιε μου, δεν μπορώ. Δεν ξέρετε τα πιο πρόσφατα; Η Κλεμίλντα απείλησε να σκοτώσει όλους εκείνους που σας δίνουν πληροφορίες.

«Το ξέρω. Είναι φίδι. Ωστόσο, αν δεν με βοηθήσετε, το Μιμόζο θα βυθιστεί ακόμη περισσότερο και θα διατρέχει τον κίνδυνο να εξαφανιστεί.

«Δεν το πιστεύω. Το σάπιο δεν χάνεται ποτέ. Αυτό είναι το μάθημα που έχω μάθει από τότε που άρχισε να βασιλεύει.

Η σιωπή επικράτησε για λίγα λεπτά και συνειδητοποίησα ότι αν δεν έλεγα την αλήθεια, δεν θα είχα απαντήσεις. Οι απαγωγείς μου ετοιμάζονταν να επιτεθούν.

«Κάρμεν, άκου προσεκτικά τι θα πω. Δεν είμαι ούτε δημοσιογράφος ούτε ρεπόρτερ. Είμαι ένας ταξιδιώτης του χρόνου του οποίου η αποστολή είναι να αποκαταστήσει την ισορροπία που τόσο πολύ χρειάζεται ο Μιμόζο. Πριν έρθω εδώ, ανέβηκα στο βουνό της Ορορούμπα. Εκτέλεσα τρεις προκλήσεις, βρήκα έναν νεαρό άνδρα, τον φύλακα, το φάντασμα και τον Ρενάτο. Ξεπερνώντας τις προκλήσεις, απέκτησα το δικαίωμα να μπω στη σπηλιά της απελπισίας, τη σπηλιά που μπορεί να πραγματοποιήσει ακόμα και τα πιο βαθιά όνειρα. Στη σπηλιά, απέφυγα τις παγίδες και προχώρησα μέσα από σενάρια που κανένας άλλος άνθρωπος δεν έχει ξεπεράσει ποτέ. Η σπηλιά με έκανε τον Μάντη, ένα ον ικανό να υπερβεί το χρόνο και την απόσταση για να λύσει τα παράπονα. Με τις νέες μου δυνάμεις, μπόρεσα να ταξιδέψω πίσω στο χρόνο και να φτάσω εδώ. Θέλω να επανενώσεων τις «αντίπαλες δυνάμεις», να βοηθήσω κάποιον που δεν γνωρίζω και να ανατρέψω την τυραννία αυτής της κακιάς μάγισσας. Στο τέλος, πρέπει να ξέρω τα πάντα και να ξέρω τι είσαι ικανός να αποκαλύψεις. Είστε καλός άνθρωπος και όπως οι άλλοι εδώ αξίζετε να είστε ελεύθεροι όπως μας δημιούργησε ο Θεός.

Η Κάρμεν κάθισε σε μια καρέκλα και συγκινήθηκε. Άφθονα δάκρυα γλιστρούσαν κάτω από το πρόσωπό της που ήταν ώριμο από τον πόνο. Της κράτησα τα χέρια και τα μάτια μας συναντήθηκαν αμέσως. Για μια στιγμή, ένιωσα σαν να ήμουν στην παρουσία της μητέρας μου. Σηκώθηκε και μου ζήτησε να τη συνοδεύσω. Σταματήσαμε μπροστά σε μια πόρτα.

«Θα βρείτε τις απαντήσεις που χρειάζεστε πολύ εδώ σε αυτόν τον θεματοφύλακα. Είναι αυτό που μπορώ να κάνω για εσάς: Να σας δείξω τον δρόμο. Καλή τύχη!

Την ευχαριστώ και της δίνω έναν ευλογημένο σταυρό. Χαμογελάει. Μπαίνω στην αποθήκη, κλείνω την πόρτα και συναντώ πλήθος έντυπων εφημερίδων. Πού θα ήταν αυτό το πράγμα που ψάχνω;

Τέλος του πρώτου μέρους των Αντίπαλων Δυνάμεων

www.ingramcontent.com/pod-product-compliance
Lightning Source LLC
LaVergne TN
LVHW010610070526
838199LV00063BA/5131